ジェームズ・ローレンス・パウエル 著

小林政子 訳

The 2084 Report

An Oral History of the Great Warming

2084年報告書

地球温暖化の口述記録

国書刊行会

2084年報告書
――地球温暖化の口述記録

目次

序文

大方の作家は、自分のためにこの本を書き、ベストセラーになるのを期待するそうだ。昨今は、いくら内容が重要で優れた本でもベストセラーになるほどは売れない。大手通販書店はインターネット頼みであり、ネットは他のインフラ同様、次第に信頼性と安全性が失われてきており、今世紀末まで生き残れないだろう。どうにか販売を続けてきた通常書店のほとんどがオンライン書店で、閉店に追い込まれてからだいぶ経った。

では、私はなぜ本書を執筆したのか。読むのは友人や家族、親類がほとんどだと分かっていながらだ。それは、私が口承歴史家だからである。私の仕事は、人類の歴史上重要な出来事について、体験者の言葉で記録することである。このように、私たちは他の歴史家が構想、生成できる素材を提供している。もちろん私は書きたいから書くのであって、執筆は私がまだできる一つの楽しみなのだ。パソコンやインターネット、いわゆるクラウドなどは必要ない――紙と鉛筆があればよい。

問題に精通し、私の手本となるのは、二十世紀の偉大な口承歴史家スタッズ・ターケルである。

彼の二冊の著書『よい戦争——第二次世界大戦の歴史証言（*The Good War : An Oral History of World War II*）』（一九八五年、晶文社より邦訳）と『困難な時代——大恐慌の歴史証言（*Hard Times: An Oral History of the Great Depression*）』は、アメリカ国民のすべてに降りかかった不幸を誰よりも見事に描いている。

奉職以来、私は彼の著書を繰り返し読み、読む度に新たな着想を得てきた。

スタッズは農場から工場、都会から田舎町、退職者から若者、社会の最上層から市井の人々まで、自分の足であらゆる種類の生活者と会って話を聞いた。中には専門家や指導者もいるが、私の対象は、彼と同様に、ほとんどが一般人である。一冊の本としては数が多すぎるが、私は約百人に話を聞き、その中から洪水と旱魃、戦争、飢饉、病気、気候変動による大量移民など、人類への影響について最も好例となるものを選んだ。

私はスタッズ・ターケルの生誕からちょうど百年後の二〇一二年生まれなので、彼に特別の親近感がある。一九一二年当時は、地球温暖化は理論に過ぎなかった。実際に起こるとまで考えた科学者がいなかったわけではないが、危機と見なすには知識や情報が少なすぎた。科学者たちが、人類にはもっと温暖なほうがいいと考えたのももっともだった。百年後、私が生まれた年には、人間活動を原因とする地球温暖化は明らかに現実問題となった。だが、当時は巨大石油産業の資金提供もあって、社会の半分と政治家の多くは温暖化に懐疑的で、ひ孫の未来のことよりもイデオロギーと嘘を優先した。

本書では、私見は最小限に絞り、太字の質問部分のほかは、スタッズがしたように、テーマ自体に雄弁に語らせた。読み易さを考え、テーマ毎に分けたが、大部分の地域は地球温暖化の様々な影響を被っているので、やや恣意的である。断り書きがない限り、取材には衛星電話を使った。

気候学者

今日はロバート・マドセン三世と話をする。同氏は父親と祖父と同じく気候学者である。マドセン博士、今世紀後半の人々がどうしても聞きたい質問があります。

今日生きている私たちがぜひ尋ねたいのは、今世紀前半、まだ時間があるときに、なぜ当時の人々は地球温暖化を、少なくとも、遅らせる行動に出なかったのでしょうか。証拠不足だったからなのか、科学者が認めなかったからなのか、今も進行中の気温上昇を説明するもっとましな学説があったからなのか、それとも何か他に根拠があったのでしょうか。祖父の世代は、これが私たちに起きるという十分な根拠を持っていたのは確かです——何でしたか。

さて、あなたのご著書では、ここは最も長い章にならないと言えます。答えが簡単だからです。十分な根拠はありませんでした。

世紀の変わり日でさえ、人為的な地球温暖化の証拠はあり過ぎるほどでしたし、理性的人間には——つまり、理性に従って行動する人間にとっては、否定し難いほど深刻化しました。私の友人に弁護士教育を受けた人物がいて、かつて彼から、地球温暖化は圧倒的な証拠の裏付けがあったのか、それとも、刑事訴訟の合理的な疑いを超える程度だったのかと尋ねられました。私は、合理的な疑いを超える程度であり、どの学説もその程度の確かさだったと返答しました。

もし二〇一〇年代に戻って、論文を審査する専門誌に発表された学説を基にした科学者の総合的意見を評価すれば、二〇二〇年には、地球温暖化の原因が人間であることに一〇〇パーセント賛成したことでしょう。これは思いつきの概数ではなく、論文審査を受けた、当時の約二万編の論文を再調査した結果です。

信じ難いことですが、地球温暖化に懐疑的な人たちは、証拠を説明するための独自の科学的理論を持っていませんでした。二〇一〇年代、二〇年代の人々は世界が破壊されてもかまわないとの誤った学説に依っていたとすれば、話は別です。しかし、異説はありませんでした。気温は上昇し、どこの大陸でも毎年山火事が増え、海面はどんどん上昇し、熱帯低気圧は大型化する等々がありました。人間に責任があることを否定する人たちは、異常気象の原因には無関心なくせに、化石燃料ではないと断言しました。

確かに、簡単ですね。でも、理論の裏付けなしに温暖化を否定する人たちも、何らかの方法で科学者を納得させる必要があったはずですが、どうしたのですか。

しばらく、地球温暖化は嘘であり、陰謀をたくらむ科学者がデータを捏造したと言っていました。

科学を否定する人間はきまって陰謀だと言い出しますが、科学者は正しいと認める選択肢しかないからなのです。

あなたが当時その場にいたら、人間活動が原因の地球温暖化は陰謀だと主張した人々にどう答えたでしょうか。

そうですね、二、三の簡単な質問に答えるようにします。陰謀はどのように画策されたのか。前述の二万編の論文の著者は世界各国に六千人ほどいますが、どうやって嘘をつき通せますか。まずメールを利用するでしょう。でも、二〇一〇年代に高名な気候学者のメールを大量に盗んで公表した者がおりました――約百万語だったと思います。それらのメールの中に陰謀を匂わす単語は皆無でした。

次に、なぜ陰謀画策者の逮捕や、告白の手記、臨終の告白がなかったのか。そもそも、なぜ陰謀を画策したのか。アメリカでは、否定派の答えは「彼らはリベラル派だから」でした。しかし、科学論文の半数以上は外国のものであり、リベラル派かどうかは分かりません。

もちろん、二〇一〇年代までは、懐疑論者はこうした疑問に自問自答することはありませんでした。彼らにとっては、地球温暖化が嘘であることは明らかで、科学者たちが嘘を繰り広げた理由などはどうでもよかったのです。

二〇二〇年代には科学だけでなく、多くの分野で嘘が真実に取って代わりました。人々はこれまで信じてきたことに反する事実より、信じてきたことを支える嘘を受け入れるほうを選びました。オーストラリアやブラジル、ロシア、米国などの国々では科学に懐疑的な者を指導者に選びました。二〇二〇年代初めでも温暖化はせいぜい摂氏三度までだと考えられていました。それでも、世界各国は温暖化の解消に努める気になりませんでした。各国がその気になったときには、摂氏四度ですら、もはや選択肢ではありませんでした。どれくらい気温が上昇するのか分かりません。実に不思議なことですが、私たち人間は理性に従うことを誇りとしているのに、文明が危機に晒されているのにかかわらずイデオロギーと無知を選びました。

科学者は地球温暖化をでっち上げるくらい歪んでいると人々が考えたとすれば、他のことでも科学者は信用できません。その姿勢は科学そのものにも影響を及ぼしましたか。

私の祖父は科学者で、私も祖父のような科学者になりたいと思いました。祖父は二〇一〇年代の終わりに、ホワイトハウスとほぼすべての政府機関の上層部が科学に懐疑的な者たちで占められた経緯について私に語りました。政府は気候学ばかりか、絶滅危惧種、産業汚染などの環境絡みのすべての研究費を削減しました。環境保護庁と国立科学財団は二〇二〇年代に廃止され、連邦政府の科学分野への補助金は一九五〇年代の水準まで縮小しました。祖父は父や父の同僚に「科学」は禁句となったようだと言いました。

あの頃はほとんどの大学の科学者は政府補助金に頼っていたので、研究プログラムを諦めざるを得なかったのです。規模の大きな大学は、補助金全額の四分の一から三分の一を研究助成金として受け取っていました。大学がまずしたことは、科学系学部への補助金削減と休部でした。学生は科学を勉強しても将来が見込めないので、他の学部を選びました。科学系の入学者数が減少したため、さらに科学系と学部の縮小が進みました。大学が主要な顧客である科学専門誌も犠牲となり、研究件数が急減し、また、大学図書館に対する助成金も減ったので姿を消しました。当然ですが、助成金と科学専門誌がなくなって、多数の科学団体も閉鎖せざるを得なくなりました。

祖父の蔵書には手垢で汚れた『歴史の終わり（*The End of History and the Last Man*）』（フランシス・フクヤマ著。一九九二年、三笠書房より邦訳）がありました。科学の終わりではないでしょうが、それが近づきつつあるようです。

第一部

旱魃と森林火災

スイスのモロッコ

クリスティアンヌ・メルシエは、長くフランスのル・モンド紙の地球温暖化特派員をしている。今回はヨーロッパ各地から私のインタビューに応じてくれた。一回目は、かつてスイスのスキーリゾートだったツェルマットだった。

私はヨーロッパ各地の地球温暖化の現状を把握するための取材旅行中です。現在、かつてのスイス観光産業の中心地にいますが、ここではもうスキーはできません。ツェルマットは、ひところは世界で一流のスキー場だったところで、美しいマッターホルンが眺望できます。今は周囲を見渡しても雪はどこにもありません。マッターホルンの頂上でさえ見られません。

私はこのインタビューの準備としてアルプスの温暖化の歴史について調べましたが、二十世紀末でさえ不吉な兆候がありました。当時、雪線《スノーライン》は三千三十メートルでしたが、例えば、二〇〇三年の猛暑には四千六百メートルでした。これはマッターホルンの頂上より上で、モンブランの頂上とほぼ同じ高さであり、カフカス山脈の西で最も高いところです。マッターホルンの岩と土壌を固めている永久凍土が溶けて瓦礫が落下して来ます。閉鎖したスキーロッジやレストランの外にも中にも瓦礫が山積みになっています。

ダボス、グシュタード、サンモリッツなどかつてのスイス、フランス、イタリアの有名なスキー場のいずれにも同じことが言えます。アルプスでは二〇四〇年代から万年雪と氷がなくなりました。ロッキー山脈のスキー場も同じ運命のはずです。

気象学者によれば、今日のヨーロッパ南部の気候は今世紀初めのアルジェリアとモロッコと同じです。気温と降雨量から判断すると、ヨーロッパ南部は現在砂漠であり、アルプスは当時のアトラス山脈（訳註　アフリカ大陸北西部モロッコからチュニジアにかけて東西にのびる褶曲山脈）に似た道を辿っています。

数週間後、メルシエ特派員はスペインの太陽海岸《コスタ・デル・ソル》のネルハにいた。ここは、かつては、ドイツやイギリスの厳冬の寒さを逃れた国外在住者や旅行者を受け入れていた。

ネルハの海辺から南を見ると広大な青い地中海が広がっています。北には廃墟と化した無数の黄褐色や黄土色のマンション群が延々と見えます——数えきれないほどあって、ほとんどが崩れかけてぼろぼろです。その理由はすぐ分かります。地方は干からび、寂れ果てています。午後二時、ネルハの海辺にあるホテル・バルコンの廃墟の前は、日陰でも気温が五十一度もあり、潮風はありません。この辺にいるのは私一人ではないかと思い、長居するつもりはありません。

コルドバとグラナダからネルハへ向かう途中、黒焦げになったオリーブの木が数えきれないほどありました。オリーブ栽培はスペイン南部一帯に広がっていましたが、この地域の温暖化とともに、オリーブの木は乾燥して火事や病害を受けやすくなりました。オリーブ栽培は、現在では、スペインとイタリアから北のフランスとドイツ、さらにイギリスへと移りました。

メルシエ記者はネルハからジブラルタルへ移動した。

ここへ来るまでも、帰るのも、交通手段にはとても苦労しました。以前は自動車で半日だったところが四日もかかりました。ジブラルタルは大英帝国にとって極めて重要な海外領土で、地中海の入口と出口を監視していました。目と鼻の先にモロッコがあり、近さ故にここは季節労働者が大勢集まる場所になっています。

取材準備中に二〇一〇年代の報告書を見つけ、そこには高温化と多発する旱魃、それに伴う社会秩序の混乱のためにＥＵへの移民が増えていると記されていました。移民数は一〇年代の三十五万人から二一〇〇年には二倍になると予測した研究もありました。ですが、この研究はテーマにかかわらず当時の多くの研究と同様に、過去を基準に未来を予測しており、一年か二年で「新しい常識《ニューノーマル》」が生まれる時代には正しい指針とは言えませんでした。これらの予測では、地球温暖化とその影響はほとんど考慮されていませんでした。ところで、アフリカや中東、それに、いわゆる東欧からどれくらいの移民がヨーロッパへ到達できたのか分かりませんが、億単位の数であることは確かで、五億人ぐらいでしょう。移民は今も続いています。

二〇五〇年には、あまりに多くの移民が殺到したため、イギリスは、長い間ここが自国領だと主張してきた国に割譲したいと発表しました。スペインは当時ジブラルタルの統治を迷っていました。しかし、海水の淡水化計画が挫折して、ここを受け継ぐ余力を失いました。二〇六五年にスペインはジブラルタルを諦め、無防備都市（訳註　無防備を公式宣言して国際法により敵の攻撃から免れる）を宣言しました。それ以来もとの名前で知られています――ジャバル・ターリクです（訳註　ターリクの岩山の意。七一一年にイベリア半島に侵攻したイスラム将軍名に由来）。

ジブラルタルは密輸と犯罪の巣なので、私は命がけで行きます。男装し、武装傭兵を同伴しました。長居はしませんでしたが、地球温暖化が地獄と高水位をもたらすと誰かが言ったとおり、遠い先のことでないことはよく分かりました。

次にメルシエ特派員と話したときは、地中海沿岸を北東にムルシア州（訳註　スペインの自治州。ムルシア県一つからなる一県一州の自治州で、州都はムルシア）に移動していた。

ジャバル・ターリクから船を借りて北東のムルシアへ向かうことにし、途中の立ち寄り先は安全だろうと船長は言いました。今世紀初めにムルシアを訪れていたら、レタスがいっぱいの畑と完熟トマトの温室を通ったことでしょう。あたり一面に新築の別荘やマンションが立ち並んでいました。海岸へ続く道路のあちこちに緑のゴルフコースが見えたでしょう。乾燥地なのにどこから水を引いたのでしょうか。

報告でお分かりのとおり、私は取材前に下調べをしてから出かけます。取材先の都市や国の歴史を調べてからなので、何が起きているかが分かります。ムルシアは住民と政府が無力だったために、一般の人々の生命と土地の潰滅を防げなかったことの事例研究《ケーススタディ》なのです。

ムルシアは昔から乾燥地でしたが、雨が降らなくても常に水に恵まれた生活ができました。空から水が落ちて来なくても、地下水を見つけるか、遠くの雪原から水を引いていました。今世紀初めに、こういう方法が不可能になる日が来ようとは考えもしませんでした。

前世紀後半まで、ムルシアではイチジクとナツメヤシが栽培され、水が豊富な土地ではレモンなどの柑橘類が栽培されていました。その後政府は乾燥していない土地から水を引いたため、レタスやトマト、イチゴなど豊富な水が必要な作物に切り換えました。さっそく急ピッチで開発が進み、新築の建物には自前のプールを備えることになりました。避暑客や避寒客のための別荘やマンション、それに、待たずにプレーできるだけのゴルフ場が必要でした。ムルシアのゴルフ場を維持するために毎日大量の水を使いました。ある人の計算では、一人のゴルファーが一ラウンドするには一万一三五六リットルの水が必要とのことです。今日では、ゴルフはホッケー、スキーなどのスポーツ全般と同じ道を辿っています。

スペインの政府関係者が地球温暖化を真剣に捉え、ムルシアの気温の記録を研究していたら、もっと注意したはずでした。二十世紀中に、スペインは温暖化が地球全体の二倍進み、降雨量は減少しました。二〇二〇年までに降雨はさらに二〇パーセント減少し、二〇七〇年には四〇パーセント減少すると科学者は予測しました。当時は誰も関心を払いませんでしたが、予測は正しかったのです。スペイン北部地域が水の供給削減に迫られたとき、ムルシアの農家も都市も地下水に頼らざるを得なくなり、その結果地下水面が急激に低下しました。水の闇市場には違法な湧き水が現れ、やがて地下水面はポンプが汲み上げられないくらいまで下がってしまいました。役人が賄賂で水がない場所にも建築許可を出すという汚職が発覚しました。信じ難いことに、騙されやすいイギリス人やドイツ人は相変わらずスペインに別荘やマンションを買い続けました。彼らは新築の別荘やマンションに入り、蛇口をひねっても水が一滴も出ないので、訴訟を起こしました。契約書には、天災で水不足が発生しても、建築業者と政府は責任を負わないと細かい字で免責条項がありました。地球温暖化が天災ですって？　笑わせないでちょうだい。

水がなくなるにつれて、農家はイチジクとナツメヤシの栽培に戻りました。しかし、時が経ち、科学者の予測の正しさがはっきりし、控えめでさえある場合も多く、スペインでは砂漠の作物生産も経済的に見合わなくなりました。二〇五〇年代にはムルシアの農業は基本的には終焉し、別荘やマンションには住人がいなくなりました。今日、荒廃した建物を除いて、ムルシアは一世紀前の北アフリカの砂漠と見分けがつきません。

その次にメルシエと話したときは、パリの自宅へ戻っていた。

帰途、世界的なワインの名産地だったロワール渓谷を通りました。チノン、ミュスカデ、プイィ・フュメ、サンセール、ヴーヴレなど、すべてが消失しました。原因は気温の上昇で、ブドウが早く熟れすぎて、糖度が高まり酸度が減ったためです。こういうブドウからはアルコール度が高く、口当たりの粗いワインができます。気温がわずか一、二度上がっただけで――二酸化炭素濃度の限界点以下のままだったとしても――ヴーヴレは同じ味を保てませんが、飲めないことはありません。専門家はヴーヴレの変種だと思うでしょう。しかし、気温は摂氏五度上昇しました。現在ではロワール渓谷でワイン用のブドウは育たないでしょうし、同地のワイン産業は、フランス中もですが、消滅しました。ワインをお望みなら、かつてのイギリスかスカンディナビア半島へ行くことです。

二〇八四年七月一日の昼下がり、私は凱旋門の日陰に立っています。気温は摂氏四十六度、日陰で暑さを避けています。この暑さの中で数分間でも直射日光を浴びると熱射病になります。周囲を見回すと自動車が数台走っているだけです。通りに人影はありません。夜間も暑すぎて戸外では座っていられません。昼間パリのコンクリートや鉄鋼に吸収された熱が放出されるからです。光の都は、多くの都市と同様に、熱の都になり、道端のカフェは思い出にすぎません。

メルシエ特派員はパリからイギリス海峡のカレー市へ向かう。

途中の交通がかなり厳しく、諦めてパリへ戻ろうかと思ったほどでした。まもなく安全に通行できなくなるでしょう。殺人的な暑さを逃れて北へ移動しようとするアフリカ人にとってジブラルタルがヨーロッパへの入口であるように、カレーからイギリスへはドーバー海峡を三十二キロ隔てているだけですから、涼しいかつての大英帝国に到達しようとする人々には自然の出口でした。二〇二〇年代に、イギリスは合法、非合法を問わず移民を減らそうとしました。しばらくの間は思い通りに行きましたが、二〇三〇年代末になると入国する不法移民の数は増加し続けました。現在、カレーが果たす役割は不法移民への対応です。スペイン南部でスペイン人をほとんど見なかったように、カレーで見たり話したりしたのはフランス人やイギリス人ではなく、ほとんどがアラブ人とアフリカ人、シリア人、スラブ人です。彼らに共通して言えることは、別の土地からやって来て、ドーバーの白い崖に辿り着きたいという思いです。ドーバー海峡を泳いで渡ろうとする人もいますが、ほとんど成功しません。当地の喧騒は、まるでドイツ軍がパリに迫り、パリ市民が散り散りになったパリ陥落当時の混乱状態を記録した古いニース映画の一コマを思い出します。

カレーの港では、第二次世界大戦の別の場面が再演されています。イギリス遠征軍が多数の船でダンケルクから逃亡する場面です。今や海上は約束の地イギリスを目指して連なる群衆の雑多な船でいっぱいです。到着先では闇商人が彼らの受け入れを待っている——そんな希望を持っています。

ここから乗船してイギリスから報告できると考えていましたが、とんでもない思い違いでした。

さんざんな目に遭いました。

フェニックス消滅

生まれも育ちもフェニックスのスティーブ・トンプソンは、かつて「セントラル・アリゾナ・プロジェクト」（訳註　砂漠に全長五百四十キロの水路とパイプラインを敷設し、コロラド川の水をフェニックス大都市圏に届ける）で働いた七十二歳の水力技師である。彼は米加戦争（第五部参照）前にサスカチュアン（カナダ中西部の州）に移住してカナダ市民になった。

スティーブさん、ご一家はいつアリゾナへ来たのですか。

私の曽祖父一家は、第二次世界大戦直後に多数の退役軍人家族が移住したのと同時期に、アメリカン・ドリームを夢見てフェニックスへ移住し、ほぼ思い通りになりました。

前世紀後半から今世紀にかけてしばらくフェニックスは住宅需要で不動産ブームが続き、その他のこともすべて好調でした。住民は豊かな生活を満喫し、降雨量が年二〇〇ミリしかない砂漠に住んでいることを忘れていました。

住民は蛇口から出る水がどこから来ているのかまったく知りませんでした。ミード湖の水がコロラド川からフェニックスへ引かれる「セントラル・アリゾナ・プロジェクト」と呼ばれるものがあることは知っていたかもしれません。だが、コロラド川の水はどこから来たのか。数百キロ離れたロッキー山脈の西側斜面の雪解け水なのです。ロッキーの降雪量と雪解けの時期に変化があったら、フェニックスは深刻な事態に陥ります。でも、心配する人はいませんでした。今世紀の初めにプロジェクトに携わった人間は、二〇五〇年に人口が約七百万人になると予想しました。後から思えば、滑稽な予測でした。一九五〇年に私の曽祖父一家が移住して来たとき、フェニックス市の人口はわずかに約十万人でした。私が生まれた二〇一二年には百六十万人でした。現在は再び十万人に逆戻りしています。それでも多すぎるぐらいです。

二〇二〇年代まではフェニックスは何もかも順調でした。確かに、二〇一〇年代を通じて毎年暑くなりましたが、どの建物にもエアコンがあったので、夏日の盛りには建物の中にいればよかったのです。電力不足でエアコンを入れたくてもできない状態にどう対処するかなど、真面目に考えたことはありませんでした。コロラド川の水量が減ると、気候学者は地球温暖化でそうなると予想しましたが、フーバーダムとグレンキャニオンダムのタービンを回す水量が減り、発電量が低下することまで考えませんでした。だから、ひどい水不足になったら電力不足にもなるのです。

状況の変化にいつ気がつきましたか。

それは私の人生の鮮明な記憶に照らして正確に突き止められます。私が十五歳のときですから、二〇二七年のことです。夏の暑い朝、玄関を叩く音で母がドアを開けると、制服姿の男が二人立っていました。一人は腰に三十八口径のスミス&ウエッソンスペシャルを下げ、もう一人は道具箱を持っていました。その銃の印象は強烈でした。二人は市水道局の腕章をしていて、市内全域に遠隔操作のバルブを設置していたのです。私の家が二十四時間に使用できる水量を制限するためで、一人当たり二八四リットルと定められていました。制限量に近づくと自動的にバルブが閉じ、翌日の午前零時一分まで水は止まります。割当て制の導入については、もちろん水道局と新聞やテレビで事前広報がありましたが、二人の男が玄関に現れて始めて、私たちはその衝撃を実感しました。

市内全域で一人当たり一日二八四リットルでは十分に節約できないとなったら、市は遠隔操作でバルブを再調整して引き下げられました。当然そうなるでしょう。閉止弁をいじると、罰金と給水制限強化の罰則がありました。再犯の場合、戸主は二年間留置され、善行による軽減はありません。主旨を理解しない者は、市内の電子掲示板に最新の水泥棒の映像を流されて、公衆の面前での「引きまわし」となりました。

一日二八四リットル制限に続く給水制限の強化で、生活方法を変えなければならなくなったということです。二十年前、フェニックスの平均的な住民の一日の水使用量は七五七リットルでした。各家庭は家計の予算を立てるように、水用の予算を組む必要に迫られましたが、大して違いませんでした。当時はどの家庭も借金をするか、クレジットカードでの買い物ができましたが、フェニックスでは他人に水を貸したり、即金でも売ったりする人はいませんでした。

家を節水タイプのトイレや、数秒しか流れない蛇口にし、浴槽を改装しました。シャワーは禁止――シャワーヘッドは違法なので、誰も、もうとにかく、たいへんでした。その代わり、開拓時代のように週一回お風呂に入り、残り湯を掃除やトイレに使いました。尿瓶を使う、屋外トイレを造るなど、さらに節水した者もいました。

芝生の散水が禁止されたため、まもなく芝生は姿を消しました。フェニックス中の数十カ所のゴルフ場は閉鎖されました。自宅に緑地があると必ず警察がやって来ました。家を放棄する人が増えたため、芝生は干からびて風で吹き飛ばされました、
問題は、こういう節約手段でもだめだったことでした。確かに、一人当たりの水使用量は減りましたが、二〇三〇年代になっても、水や電力が不足すると警告しても住民の行動は変わりませんでした。人々の認識と現実にはつねに開きがあるようです。水使用量を均一に半減しても、人口が二倍になれば同じことです。人々の態度を変えさせられない以上、できることは給水制限とその強化しかありません。

真昼の外出は命にかかわりました。私はすでに市から出ていましたが、二〇四〇年代には、フェニックスは二〇〇〇年当時のデスヴァレー（訳註　カリフォルニア州東部およびネバダ州南部の酷暑の乾燥盆地）と同じか、それ以上に暑くなることがありました。屋内にいるか、外へ出たら走ってエアコンのある場所へ駆け込むしかありませんでした。しかし、エアコンには電力が必要ですし、水不足

で水力発電量が低下したため、瞬く間に市は電力割当て制も開始しました。エアコンのある場所を捜しても無駄になりました。昼間はフェニックスの車道も歩道もまったく空っぽになりました。戸外では子供やペットを見かけなくなりました。高齢者にも特有の問題がありました。高齢者にとってエアコンは生死にかかわる問題で、エアコンが買えないか、ここから出て行けなかった高齢者がいたため、死亡率は全国で一位の都市になりました。

アリゾナ中部では、生活のほぼ全面が悪化しました。暑さと旱魃は自然の循環であり、辛抱して待てばいいという幻想にしがみついていたのは遠い過去のことになりました。状況はさらに深刻化しそうで、この先どうなるか予想がつきませんでした。アメリカ人、とくにアメリカン・ドリームの本場である南西部の人々には、それは新しい発想でした。

両親は老後の楽しい生活を送るために計画して貯金してきたのに、それができないと知って年齢以上に老け込みました。アリゾナを去ることが賢いことだと誰にも分かっていましたが、建築が中断し、水の出ない分譲地に林立する新居とあって、住宅価格は急落しました。両親は自宅に投じた資金を取り戻せなかったので、どこかもっと涼しく、湿潤なところに新たに住宅を購入する元金や預金がなく、いずれにせよ、そういう土地では需要拡大で住宅価格は手が届かないほど跳ね上がりました。若年夫婦はいちかばちかのチャンスを摑もうと、戻る気がないので鍵もかけずに家屋と住宅ローンから逃れて出て行きました。しかし高齢者には退去の選択肢は難かしい。私は退去を選び、二〇三二年に両親とフェニックスに悲しい別れを告げてカナダへ向かいました。

グリーンハウスの中の火事

マルタ・ソアーレスはブラジルの人類学者で、先住民の利益と文化の保護を使命とする国立先住民保護財団（FUNAI）の最後の理事長である。彼女は、ブラジル先住民でカヤポ族の一派であるメティクティアー族の最後の生存者、メガロン・チュクラマンイを同伴している。まずソアーレスさんの通訳でメガロンさんの話を聞き、そのあとでソアーレスさんから話を聞く。ソアーレスさん、ご友人を紹介して下さい。

電話での対談なのに、メガロン・チュクラマンイさんは頭にカヤポ族の飾りをつけています――真っ赤なコンゴウインコと緑色のオオツリスドリの羽根でできた被り物です。メガロンはこの家宝を被れば一族の悲話を語る気になると申しました。彼の生涯はアマゾン熱帯雨林の破壊と、白人が現れるまで数千年続いてきた生活様式の悲劇の終焉に及びます。一人の一生の間にアマゾンはエデンの園から灰燼《かいじん》となり、メガロンは破壊までを見つめてきました。

私は長い間メガロンと彼の一族とともに過ごしました。貴方の質問を彼の言語に、彼の返事を英語に通訳します。

メガロン　私はもう歳を取り、余命幾許もありません。私はメティクティアー族の最後の生き残りで、もう何年も同族の者に会っていないので確かです。私は子供たちより、孫たちよりも長生きしました。子供や孫たちは白人の病気で死に、希望を失って死んだ者もいると思います。ですが、肉親より長生きすることより悪いことがあります。それは同族の誰よりも、大昔からの住まいだった森よりも、長生きすることです。

かつては私たち森の住人は鳥類の数ほど大勢いました。今やカヤポ族の時代でさえ、数少なくなりました。原始以来、私たち人間を育んできた緑の森はほぼなくなり、やがて私たち人間もいなくなるでしょう。私たちはこの世界を認めませんし、私個人としては、この世界で長生きしたくありません。

私はあなた方のカレンダーの一九九四年に生まれ、十三歳で初めて白人を見ました。私たちメティクティアー族はずいぶん前に白人との接触を避けることにしていました。一族のまじない師が、白人は禍をもたらすと予言したからです。私たちはカヤポ族と別れ、森の奥深くへ戻りました。まれな偶然を除いて、一族以外の男や女と会うことはありませんでした。しかし、あなた方のカレンダーで二〇〇七年に一族で残っていたのは僅か八十七人でした。老人が多く、病人もいました。メティクティアー族はやがていなくなる。火事や病気、嵐、旱魃などで消滅すると長老たちは言いました。ジャングルの潜伏地から出て、再びカヤポ族に合流する以外に選択肢はないと決断しました。私たちはカヤポ族へ二人の使者を遣わし、彼らは長い間行方不明だった兄弟のように迎えてくれました。私たちは話に聞くだけだった大勢の白人との接触に脅えましたが、カヤポ族の人たちは私たちを守り、少数の医師と看護師の診察を受けるだけでいいと言いました。何十年も外界との接触がなかったので、白人の病気が感染するのが心配でした。病気になった者はいましたが、死者は出ませんでした。白人にはもう慣れましたが、当時はものすごいショックでした。

周囲の熱帯雨林に変化を感じ出したのはいつ頃でしたか。

私が十一歳になった夏でした。私たち一族は長年火災の煙の臭いを感じてきました。雷が原因の火災もありますが、多くの場合は入植者が森を焼いて作物を植え、家畜を飼育するためでした。年々、煙と火災が近くまで来るようになりました。ところが、その年の夏（ソアーレス：あなた方のカレンダーで二〇〇五年）は空全体が黒く覆われ、何カ月も続きました。息をするのが苦しくなり、咳が止まりませんでした。ときどき陽が射す程度でした。まじない師の予言が当たったと思われるような煙で、森全体が燃えるのではないかと心配でした。それもあり得ないことではないと思いました。火は私たちの土地まではときませんでしたが、いつかはそうなります。そうなったら、逃げ場はなく、助けてくれる人はいません。

まじない師の予言通り、大火災を皮切りに次々と問題が発生しました。毎年、雨が少なくなり、だんだん暑くなり、森林火災が増え、焼けた土地では樹木が育たなくなりました。作物に必要な水が十分になく、生育し出してもすぐに枯れてしまいました。河川が干上がり、浅くなって、多くの河川で船が通れなくなりました。はじめは死んだ魚が水面に浮かんでいるのを少し見ただけでしたが、川が狭くなるにつれて浮かぶ魚の数が増え、対岸まで死んだ魚で水面全体が覆われていました。その後、川はますます狭くなり、ついに水が涸渇してカヌーが使えなくなり、水路には雑草が繁茂しました。何世代も船を浮かべてきた場所を今は歩けるのです。

教育を受けたカヤポ族はこうなった理由について話しているそうですが、私には分かりません。遠隔地のどんな人たちが、どうして森林を焼くようになったのでしょうか。それは大気中にある、見えない、匂わないもので、だんだん暑くさせて、雨を遠ざける毒だというのです。私がマルタに何度も尋ねたところ、辛抱強く説明してくれましたが、年を取り過ぎていて私には分かりません。自分が見たことと、彼女や遠くへ行ったことのあるカヤポ族との会話から分ったことは、ほぼすべての森林が焼かれ、先住民のほとんどが姿を消したということです。メティクティアー族、カヤポ族、ヤマノミ族――そのほとんど全部がいなくなりました。ただ、死ぬ前に、森林はなぜ焼けたのかを私はどうしても突き止めたいのです。

メガロンさん、あなたの質問にお答えするので、マルタさんに代わってください。ソアーレスさん、アマゾンを焼いたのは誰ですか。

ソアーレス　答えは分かっていますが、率直に言えば、地球上の何かの力で百年も経たないうちにアマゾン熱帯雨林全体が失われたとは思えません。アマゾンの森林が焼かれることはみんなが知っていました――メガロンが子供の頃から意図的に焼かれてきました。彼が知りたいのは、なぜ制御不能になる前にやめなかったのかです。人々は関心がなかったのでしょうか。ポルトガル語には「カオスの縁（訳註　振舞いが秩序からカオスへ移るような体系において、秩序とカオスの境界に位置する領域）で踊る」という諺があります。つまり、当時世界はどうしたかであり、私たちは瀬戸際で踊っていたのです。

私たちは地球温暖化の科学と、温暖化でどうして熱帯雨林が焼けたのかを説明できますが、私にとっては、とにかく、それは答えとして聞くに堪えない、言い訳できない結果にすぎません。人間が熱帯雨林を焼いたのであって、神の仕業ではありません。防げたことです。国民を導き、守るべき人々や、十二分の警告を受けていた人々は、アマゾンと先住民が絶滅してもよいと思っていたのでしょうか。多くの部族は私たちの世界で生き続けたくないと思っていたので、私たちは彼らが生き残れる唯一の場所を破壊したのです。

アマゾン地域の住民はずっと焼き畑農業をやってきましたが、二十世紀後半にブラジル生まれではない農業従事者と入植者がこの方法を利用し始めました。一九七〇年から二十一世紀初めにかけてアマゾン熱帯雨林は六十万九百平方キロメートル以上焼かれました。二〇〇〇年五月から二〇〇六年八月にかけてブラジルは約十五万二百二十平方キロメートルの森林を失いました――ギリシャ一国より広大です。二〇二〇年代に農家はアマゾンの森林全体の二五パーセントを焼き、環境保護活動家の努力の甲斐なく、毎年さらに広い地域が失われています。世界中で地球温暖化が進行していて危険であり、樹木は有害な二酸化炭素を吸収することが分かっているのに、毎年三千万エーカー（約千百十四万ヘクタール）の熱帯雨林を破壊しました。だから、地球温暖化がなくても、やがてアマゾン熱帯雨林の全域が焼かれてしまうでしょう。私たちは先住民の利益ばかりか、自分たちのためにもどうすることもできません。もう私たちは熱帯雨林の重要性が分かっているのです。

私は人類学者であり、気候学者ではありませんが、熱帯雨林が多くの面で大事なことは同僚から聞きました。地上二十七メートルから四十一メートルの高さまで葉や枝で覆われている密林は日陰ができ、地面の瓦礫や破片は湿ったままで燃えることは滅多にありません。でも、森林の一部が焼けると、焼けた地域と周辺一帯に太陽の光が射します。太陽光で枯葉と枝、破片などが乾きます。雑草や竹などの燃えやすい植物は群生しているので、可燃性燃料は増え、その地域は再び燃えやすくなり、そのときは以前より激しく、長く、広範囲に燃えるようになります。ですから、森林の一部を焼くと、他での火災が起きやすくなります――フィードバックと言うそうです。また、森林の一部が焼けると、水蒸気が減って上空に煙が多くなり、両者が相俟って降雨量が減り、森林の乾燥が進んで、燃えやすくなります。こういう悪循環は悪魔の実在を信じさせるに十分です。

今世紀初頭の科学者は、二一〇〇年までにアマゾン盆地は五～八度まで気温が上昇し、降雨量は二〇パーセント減少すると予測していましたが、アマゾンの気温上昇と乾燥速度が早まりました。

二〇三〇年までには熱帯雨林の六割が消失しました。二〇五〇年には八割が、そして今日では九五パーセントが消失しました。今後十年か二十年のうちに点々と残る部分を除いてアマゾン熱帯雨林の全域が焼かれ、先住民全員と数えきれないほどの種《しゅ》の消滅をもたらすでしょう。かつては哺乳動物、魚類、鳥類、樹木類の四、五種類に一種類はアマゾンが生息地でした。現在はその多くが生態系とともに失われました。マラニャン乾燥林（訳註　乾燥した土地に育つ森林）もボリビアの雲霧林（訳註　熱帯・亜熱帯の山地で霧が多く湿度の高い場所に発達する常緑樹林）も、その他すべての種も失われ、二度と元に戻りません、

焼失前、アマゾンは広大な緑地帯で、地球全体の気候をコントロールする役目を果たしていました。森林は巨大な熱のスポンジで、大気中から数千億トンの二酸化炭素を吸収していました。アマゾン熱帯雨林は毎年八兆トンの水を蒸発したそうです。その水蒸気で積雲ができ、雨が降って森林を維持しました。そういう雲を見たのはいつのことだったでしょうか。その代わり煙が見えます。科学者によれば、アマゾンの焼失で中央アメリカ、米国中西部、それに遥か遠くのインドの降雨量が減るそうですが、世界の気候になくてはならないものでした。

森林伐採と焼失によってアマゾンが蓄えていた莫大な量の炭素が大気中に放出されています。ある推定では、アマゾン熱帯雨林の喪失によって大気中の炭素の量は千四百億トン増え、それは二〇〇〇年の世界の放出量の約十五年分に相当します。

さて、メガロンさんの質問に戻ります。誰がアマゾンを焼いたのですか。

私たちには「良い質問は、半ば答えが出ている」という諺があります。地球温暖化を阻止できたのに、見て見ぬふりをして対策を講じなかった人たち、国の指導者だけではなく彼らに一票を投じた国民――彼らがアマゾンを焼いたのです。私の国の、あなたの国の国民であって、メガロンたちではありません。

乾いたオーストラリア

オーストラリアは最初に地球温暖化に気づき、これに取り組んだ国の一つだった。イボンヌ・エマーソン博士は、オーストラリア国立大学オーストラリア史ケビン・ラッド講座を二〇五五年の閉講まで務めた。私はパースの女史の自宅を訪問した。

エマーソン博士、あなたはオーストラリアとの結びつきが深いですね。

はい、家族の記録によれば、十世代前の一八五五年にイギリスから先祖がやって来て、ポートランドで下船しました。ビクトリアの金鉱で金探しを始めました。金はあまり見つかりませんでしたが、オーストラリアの生活は気に入りました。

それにしても、地球温暖化は貴国にとって特に脅威だったのではありませんか。

オーストラリアは大陸であり、島であり、国なのです――三つ巴です。諸外国にも砂漠と旱魃はありますが、オーストラリアには両方あります。ここは南極を除くと最も乾燥した大陸であり、降雨量は最少で、河川の平均水量も断トツに少ないのです。今世紀初めの気候帯の地図を見ると、オーストラリアの半分は砂漠で、四分の一が草原であることが分かります。現在は砂漠化で草原も失われかけています。海岸沿いにだけはあり、とくにニューサウスウェールズ州には、それでも、今世紀初頭にはそれなりに降雨がありました。一滴も無駄にできませんでした。

とは言え、私の歴史好きは、オーストラリアの旱魃との付き合いにはかえった良かったかもしれません。深刻な旱魃のことなど考えるまでもありませんでした。すでに予想していたのは一人や二人ではありませんでした。

旱魃はオーストラリア史ではとても重要で、憲法にも旱魃の関連条項がいくつかあります。事実、旱魃がなければ、オーストラリアはアメリカのような連邦ではなく、ヨーロッパのように独立した小国の集合体になっていたかもしれませんでした。というのも、一八九〇年代には、深刻な旱魃で羊と牛の半数が死に、大不況が来ました。旱魃のために連邦内の六つの植民地の結束が強まったのです。そんな乾燥した土地では当然のことですが、各州での水の配分に関する交渉が決裂寸前になりました。根本的な問題は、マレー川のほぼ全域がニューサウスウェールズ州とビクトリア州の境界をなし、全六州のうちの四州に水を供給しているということでした。貴国のカリフォルニア州とアリゾナ州の半永久的な水争奪戦のように、各州が当然に最大の配分を受けるつもりでした。川を理想的な州境と考えた人たちは、川が涸渇することまで考えませんでした。

一九一五年、オーストラリアはマレー川給水協定を採択し、上流の州は下流への最小限の均等な給水を保証しました。これを契機に建設ラッシュが始まりました。ダムや堰、水門などの給水設備により、マレー川とその主要支流のダーリング川は単なる配管システムでしかなくなりました。

二十世紀末には、マレー・ダーリング川は国の灌漑用水の大半を供給していました。我が国の農業の大部分は灌漑に依存しており、給水しすぎて川の水量が激減しました。二〇〇〇年には、川の水の四分の三を使い果たし、河口が泥でふさがって来ました。マレー川の下流は塩辛くなり、外来種の鯉が在来魚を駆逐し、数種が絶滅しました。川が危険状態になって、政府は既存の協定を廃止して新協定に改めました。新協定には川を保護するための過激な条項が含まれていました。できることはなんでもです。灌漑耕作者は連邦補助金を受けられなくなる上に、川の水の使用を防ぐため、さらにお金を支払うことになりました。納税者ではなく、農家が川の施設の維持管理費用を支払うことになったのです。環境保全のための水使用は、商業目的と同等の優先権が得られました。農家と灌漑耕作者は州内での相互の水取引ができるようになりました。新協定は給水管理において諸外国の先を行くものとなりましたが、よく考えると、規模が小さく、遅すぎました。

これまでの努力だけでは十分でないと気づいたのはいつでしたか。

二〇二八年に衝撃的な出来事が二つありました。一つは有名な「全豪オープン」テニス大会で、オーストラリアは当時美しかった都市メルボルンを世界の舞台に立たせました。我が国の指導者たちは地球温暖化を否定していましたが、二〇一〇年代を通じて大会開催中の気温は上がり続けていました。二〇一九年、オーストラリア史上最悪の森林火災が発生し、信じられないでしょうが、スイスの約五倍分の土地を焼失しました。それで懐疑論者の意見が変わったかって？　いいえ、激しくなる一方でした。

それから、二〇二〇年には、高温と森林火災による煙のために数試合が中断せざるを得なくなりました。その後何年か選手はチェンジコートの合間に氷で冷やすなどし、年々試合の遅れや夜間試合が増えて来ました。問題は、ハードコートが昼間に熱を吸収し、夜間に放出することで、夜間試合も役に立たないことでした。トップ選手の中には大会出場をやめる者も出て来ました。そして、二〇二八年、男女混合ダブルスの決勝戦で二選手が熱射病で命を落としました。スタンドの大観衆と家庭で試合を見守る何百万人もの目の前でのことでした。「全豪オープン」の試合はそれが最後でした。また、この年、マレー川の下流九六六キロが完全に涸渇してしまいました。全豪オープンとマレー川の両方を失ったことは実に衝撃でした。

オーストラリア連邦科学産業研究機構（ＣＳＩＲＯ）は、以前から地球温暖化は事実であり、危険だと国民に相当な警告を発していました。オーストラリアは、一人当たりの温室効果ガス排出量がどこの国よりも高いと言われていました。また、同じく二十世紀後半に、オーストラリアの平均気温は摂氏〇・九度上昇し、二十世紀中の地球の平均気温の上昇を上回っていました。オーストラリアは最も乾燥した大陸であるだけでなく、最も暑い大陸になったのかもしれません。同じ五十年間で、酷暑日の日数が増え、夜間の平均気温も上昇しました。オーストラリアの夜間の気温はとくに多くを物語っていて、米国などと違って、懐疑論者は夜間の気温上昇は都会のヒートアイランド現象であるとは主張できなかったからです――都市の数は少なく、広範囲に散らばっています。さらに悪いことに、マレー・ダーリング盆地の平均降雨量は一九五〇年から二〇〇〇年まで減少しました。しかも、ＣＳＩＲＯによれば、事態は今後さらに深刻化するとのことでした。マレー・ダーリング水系の水量は今後二十年間に五パーセント、五十年間に一五パーセント減少すると予測されました。しかし、最悪のシナリオでは数値が上がり、二十年間で二〇パーセント、五十年間で五〇パーセント減少するとのことでした。今日知られるとおり、最悪のシナリオが現実になりました。

オーストラリアは、先進諸国の中で最も早く地球温暖化に真剣に取り組んだ国でしたが、本来はもっと早くスタートすべきでした。遅延理由の一つは、我が国にはどこよりも組織力と団結力の強い炭素ロビーがあったからです。この「グリーンハウス・マフィア」と呼ばれる組織は、企業の負担増となる法制化を阻止するために、石炭と自動車、石油、アルミ産業を代表してロビー活動をしました。ハワード政権（一九九六年三月～二〇〇七年十月）のとき、これら汚染者《ポルーター》たちは、自分たちの手で法案と規則を起草し、それが修正なしで法律と政策になりました。あなたの国のドナルド・トランプ大統領が化石燃料ロビーイストらを政府の役職に就けたのも同じでした。まさに米国と同様、オーストラリアも証拠を信用しない懐疑論者に一票を投じ続けています。

オーストラリアの国民性は、地球温暖化への対応にどう作用しましたか。

私たちの歴史と国民性は重要でした——冒頭に少しばかり歴史を講義した理由はそこにあります。私たちの祖先が逞しくて不屈の人たちでなかったら、オーストラリアという国家は建設できず、到着した途端に諦めたことでしょう。最も乾燥した大陸に植民するための第一原則は「うろたえない」ことでした。旱魃がこようが、歯を食いしばって辛抱すれば、やがて過ぎ去ります。今世紀初頭には、成人した国民は誰でも一度は旱魃を切り抜け、いずれの場合も旱魃は終止符を打ちました。牧ですから、奏功した戦略とは、腰を据えてかかる、節水する、そして好転するのを待つことでした。牧畜業者なら、家畜の一部か大半が死ぬかもしれませんが、生き残るものも十分おり、再び雨が降れば家畜は元どおりに戻せました。

オーストラリアの長い旱魃の歴史の中で最も深刻な旱魃は一九九〇年代末に起こりました。マレー川の河口では、塞がらないようにするため、浚渫機を二十四時間フル稼働させました。灌漑業者とアデレード市に給水制限が課されました。稲作は崩壊し、多数の農家が稲作からワイン用ブドウ栽培に切り換えましたが、ワイン産業が続いたのは二〇三〇年代まででした。リースリング（訳註　主にドイツで栽培される白ブドウの優良品種）がなくても生きられますが、コメなしには生きられません。

二〇〇八年はラニーニャ現象で雨が多かったのですが、旱魃で貯水ダムがかなり涸渇し、雨が降ったぐらいでは回復しないほど大地は乾燥しました。シドニーでは過去にないほどの深刻な旱魃が進行していました。二〇〇五年には貯水ダムはひどく涸渇しました。西海岸のパースは恒常的に水不足で、市は海水の淡水化工場を建設することになりました。科学者とラッド新政権（第一次：二〇〇七年十二月～二〇一〇年六月）は、半永久的にこういう状況になりやすいので対応が必要だと訴えましたが、国民は無視し、科学に懐疑的な首相を何度も選出しました。しかし、二〇二〇年代の半ばには目覚めて、現実と向き合うことにし、正真正銘のオーストラリア人らしく対応しました。

海水の淡水化工場の成果はどうでしたか。

確かに、今世紀初めに取った行動の一つはアデレードとパース、シドニーの淡水化工場建設でした。これで各都市に必要な全給水量を賄おうとするものではありませんでしたが、成果は十分ありました。例えば、今世紀初め、パースの工場はフル操業で、必要な水量の一七パーセントを供給しました。しかし、パース市民が水を大切に使うにつれて淡水化による水量は増えました。二〇〇〇年、パースの一人当たりの水使用量は一日約四九二リットルでした。スプリンクラーを使用した芝生と庭への水撒きを週二日に制限しただけで、使用量は一日四一六リットルに下がりました。二〇二〇年代末には、パースではスプリンクラーの使用が禁止され、ゴルフ場が閉鎖されました。もちろんゴルファーは不満でしたが、その時点では一段と暑くなり、乾燥化が進んだので、不満は笑い飛ばしました。浄化処理された排水――シャワーと洗濯――を再利用すると、パースの家庭消費量の約三〇パーセント分になりました。市は新たな芝生を禁止し、各家庭の芝生を撤去して乾景観づくりと、サボテン、石など――見た目が良く、水を使用しない――に取り換える費用に充当する「キャッシュ・フォー・グラス」プログラムを開始しました。シャワーは禁止で、住宅所有者は補助金で自宅を改造できました。市の水道料金はぎりぎりまで値上げされ、使用量が増えるにつれて料金が高くなる段階的料金方式が採用されました。今世紀初め、農家向けの料金は市居住者の十分の一以下になっていました。大部分の市は、芝生と庭の放水を完全に禁止するまでは、灌漑従事者向け料金を上げずに済ませたいと考えていました。禁止が実施されると、農家向け水道料金はかなり高騰し、使用量は減少しました。もちろん農業生産の維持は必要なので、灌漑向け料金の微調整を続けて農家の廃業を防ぎました。

パース市は家庭用水道管に自動閉止バルブを設置するつもりでしたが、そうはなりませんでした。

二〇三〇年には、一人当たりの水使用量は一日一八九リットルに減少し、市の総使用量の約半分は淡水化工場で給水できました。淡水化工場は大量の電気を使用しますが、パース工場の電力源は風力発電でした。ですから、他の淡水化工場のように運転費用が嵩むことも、温室効果ガスの排出量が増えることもありませんでした。しかし、最終的には、オーストラリアでも、どこでも、淡水化は役に立ちましたが、問題解決には到りませんでした。

私たちはＣＯ$_2$排出量削減にも取り組みました。今世紀初めには、自動マイレージ要件はありませんでした。二〇三〇年には一ガロン（三・七八五リットル）当たり八十マイル（百二十八キロ）を導入しました。自動車産業は、それほど燃費の良い車は、生産できても利益は出ないと泣き言を言いました。ところが、やり遂げると、車は大人気になりました。もちろん、現在、ソーラーパネルで走る電気自動車はまだごく少数しかありません。ガソリン車は博物館へ行かないと見られません。ですが、地球温暖化に関して見過ごせないのは、一国だけではほとんど効果がないということでした。すべての国が一斉に行動する必要がありましたが、そうはなりませんでした。二〇二〇年代、排出量削減のためにできることは何でもしようと頑張っていたとき、日本は、福島の原発事故に恐れをなして石炭火力発電所を二十二機新設したのです。

オーストラリアの人口が増加すれば、増加人員は、暑さ以外のあらゆるものを減らそうとしている時に、あらゆるものの消費を増やします。ですから、そうですね、人口が一〇パーセント増えれば、生活水準は一〇パーセント落ちることになります。それを防ぐためにニュージーランド人と学生、技術移住者、一時労働者に入国を限定しました。このカテゴリーに入らなければ、短期滞在を除いてオーストラリアへの入国はできませんでした。規則強化のために入国管理局の権限を強化しました。

人口安定化のために必要な出生率は、女性一人につき子供二・一人程度で、今世紀初め、オーストラリアでは一・七六人でした。つまり、我が国では、多くの国々のように、人口制限は必要ありませんでした。念のため、オーストラリアの人口が今後五十年間で過去五十年間と同率で増加した場合を想定した大がかりな啓発プログラムを立て、各家庭に責任を任せました。カトリック教会からの異議申し立てはありましたが、避妊のあらゆる形態を無償で提供しました。安全かつ容易で無償の中絶を施しましたが、異議はありませんでした。

その結果、人口は二〇一〇年の二千二百万人から、二〇五〇年には千百万人に減少しました。減少分は、国民一人につき、二〇パーセント程度の資産増加と同等の効果がありました。

オーストラリアほど地球温暖化に順応した国はほとんどなく、私たちは誇りに思っています。私たちはどこよりも旱魃の知識があり、その知識を有効に使いました。ほかにも良い点がありました。孤立です。世界中が苦労していたとき、最も地球温暖化に順応した国々は、気候難民が憧れる場所になりました。貴国とメキシコのように、もしオーストラリアが隣国と国境を接していたら、あるいは、ジブラルタル海峡のように国境の海が航海しやすかったら、まちがいなく気候難民で溢れかえっていたでしょう。ですが、難民は船以外ではここへ辿り着けませんでした。フィリピンやインドネシアから粗末な船で出発した人たちも少しはいましたが、我が国の沿岸警備隊がすぐに連行しました。

他方、孤立と海外旅行の頓挫で観光産業は打撃を受けました。グレートバリアリーフだけでも年間約七十億ドルもたらしていました――ですが、誰が残骸を見に来るでしょうか。辺鄙な所でエアーズロックを眺めたいでしょうか。荒涼たる風景を見たい人はわざわざ遠くまでくる必要はありません。

それでも、すべてを考え合わせると、孤立はオーストラリアのためになったと思います。そもそも、イギリスは、地球の裏側だから先祖の囚人をまずオーストラリアへ送ったわけで、それが救いになりました。

オーストラリアの未来はどうなりますか。

誰にも分かりませんよね。孤立は確かに運命を自らの手に委ねました。対外貿易・輸送が破綻し、必要な物資は自国で生産しなければなりません。言いにくいことですが、ひじょうに乾燥し、農産物が輸入できない国は、現在と同数の人口を養うことはできません。農業経済学者は、西部と内陸部の大部分を放置し、まだ十分な降雨があって、暑さも耐えられないほどではない地域に人口を集中させれば、一千万人くらいは維持できるだろうと推定しています。つまり、地球温暖化が確実に深刻化することはないならば、です。深刻化するなら、ここでも、どこでも、どうなるかまったくわかりません。

エマーソン博士、数十年前に未来を予見でき、オーストラリアがどうなるか分かっていたとすれば、その教訓は何だったと思われますか。

その質問で祖父を思い出しました。祖父は若い頃、第二次世界大戦後の空想科学小説を読むのが好きでした。とくに著者が全面核戦争後を想定して、終末後の世界を描いた作品です。十代の頃、祖父の書斎でこれらの本をたくさん見つけて読みました。測り知れない力がありました。『大地は永遠《とわ》に（*Earth Abides*）』（一九四九年、ジョージ・R・スチュアート、ハヤカワSFシリーズ）とか、『黙示録三一七四年（*A Canticle for Leibowitz*）』（一九六〇年、ウォルター・ミラー・ジュニア、創元SF文庫）とか、とくに有名なネビル・シュートの『渚にて（*On the Beach*）』（一九五七年、創元SF文庫）を覚えています。読者に核戦争の深刻な危険を知らせ、間違いなく核戦争の防止に役立ちました。中でも『渚にて』は強烈でした。舞台は北半球の核戦争後で、まだ死の灰はオーストラリアには到達していませんでした。しかし、やがて到達することを誰もが知っており、オーストラリア人と駐屯中の米国人潜水艦要員に緊迫した危機感が迫ります。

『渚にて』は、地球上のどこでも、どんなに遠く離れた孤立した場所でも、世界規模の核戦争の影響からは逃れられないことを人々に痛感させました。シュートの時代には誰も想像できなかった今日の地球規模の災害についても同じことが言えます。オーストラリアは、他の国より最悪の地球温暖化を回避できる位置にあります。ですが、時間はかかるかもしれませんが、影響は必ず現れます――「起きるか、起きないか」の問題ではなく「いつ起きるか」の問題なのです。どこであれ、地球温暖化から安全な場所はないからです。大気は死の灰を運ぶとシュートは考えましたが、過剰なCO_2は世界中に影響を及ぼします。それが私の祖父の世代の教訓だったのでしょう。地球温暖化を放置していたら、どこの国も逃れることはできません。

楽園の裏側

パトリック・ソートン教授はカリフォルニア大学サンタバーバラ校（UCSB）を退職した。専門は人間がつくり出した地球温暖化と山火事との関係についてで、悲しいかな、温暖化で彼の研究所は矢面に立たされた。

ソートン教授、ご一家はどうしてサンタバーバラで暮らすようになったのですか。

もともとはニュージーランドでした。祖父が一世です。一九六〇年代に米国に移り住み、最終的にサンタバーバラ校の教授になりました。息子である私の父も同じ道を辿りましたので、私もその血を受け継いで教授の三代目になりました。サンタバーバラに根を張ることになり、素晴らしいところで、世界有数の大学ととびきりの地中海気候に恵まれていました。サンタバーバラはまだ地中海性気候とはいえ、両地域は祖父と祖母が到着した頃より摂氏四・四度暖かいのです。地中海性気候などもうどこにもないと言えるかもしれませんが。

残念ながら、ＵＣＳＢは最盛期とは程遠く、大学の存立を支えた資産は、私が生まれた二〇〇五年当時には考えられなかったほど縮小しました。大規模大学は人間の偉大な発明の一つですが、現在はどこでも苦労し、廃校になったところも多いのです。今世紀末にはもっと多くの大学が廃校になり、来世紀のいつかは最後の大学がなくなるでしょう。大学が人材育成に大きく貢献したというなら、膨大な数の卒業生が、人間がつくり出した地球温暖化を阻止するためになぜ立ち上がらなかったのか不思議でなりません。

今世紀に大学教師で、気候学者であることの最大の困難は、高度な教育向けの補助金の削減だけではありません。むしろ、本当に有害なのは社会と政治家が、一般的に、高等教育を受けた層に対し、特に科学者に対して、敵意を持つことでした。彼らは私たちの国を気候変動懐疑論者に預けた人々でもあり、私たちは彼らの援助が必要でした。私たちは非難され、悪者になりました。しかし、大多数の人々と異なり、私は、子供たちから人間がつくり出した地球温暖化を阻止するために何をしたのかと問われても、答えられます。私と科学者仲間は努力しましたが、うまく行きませんでした。何もしなかったよりはましでした。

地球温暖化はサンタバーバラにどのような影響を与えましたか。

サンタバーバラは南のサンタバーバラ海峡と数キロ北のサンタイネス山脈の間にあります。午前中にサーフィンをし、午後は車で山へ行ってスキーをした友人がいました。ビジネス街は海岸に近く、住宅地域は奥まったところにあるので、山腹から市の全景とチャンネル諸島の素晴らしい風景が眺められます。今は山火事の煙でめったに望めませんが、焼け残った土地はもうあまりないので山火事は減ってきました。

この破滅的な世紀の進行とともに、風光明媚だったところは脅威となりました。山や海岸はサンタバーバラの生命を搾り取る万力《まんりき》（訳註　工作物を挟んで締めつけ固定させる工具。バイス）のあごであり、市はほとんど勝ち目のない二正面での戦いを強いられています。まず、海から始めて、その後で山火事について話をします。

二〇一二年、サンタバーバラ市は、二十一世紀末までの海面上昇に対する脆弱性を評価する報告書の作成を依頼しました。報告書には、海面はその種の予測では最高レベルの二メートルの上昇と評価され、懐疑論者は馬鹿にしました。でも、予測は正しかったのです。

カリフォルニア沿岸地域は、ニュージャージーからキーウエストまでほぼ浜辺が続く大西洋沿岸地域とは違います。ここには浜辺もありますが、海蝕崖があり、ビッグサーのように山脈が海まで迫っている場所もあります。ですから、海面上昇で浜辺が失われる恐れがあるだけでなく、海面上昇と猛烈な嵐で浸蝕がさらに進み、崖がえぐられて海岸線が後退し、そこに建つ住宅が倒壊する恐れがあります。サンタバーバラでは崖の浸蝕はつねに問題でしたが、今世紀に劇的に悪化しています。世界中で人々が高台に住むのは洪水に遭わないためですが、自宅が海蝕崖の上だったら問題は一層深刻です。

二〇一二年報告書は、海蝕崖と洪水の危険性を二〇五〇年と二一〇〇年に向けて予測しています。今回の取材の準備でこれを読み返してみると、なんと的確な警告と信頼できる助言をしていたのかが分かり、残念に思います。あなたの取材相手には私と同じように、人類は、数十年後の危険を予想して明確な警告が発せられているのに、行動を起こせないのはなぜだろうと考える人がいると思いますよ。追い詰められるまで何もしないのが〈ホモサピエンス〉の決定的な短所であり、その時にはもう遅いのです。

大学構内の一部と、多数の学生が住む近くのアイラビスタは崖の上にあります。祖父の時代でさえ、崖の一部が家屋もろとも崩れ落ちました。しかし、それ以来、海面や波の高さ、ハリケーンの頻度はすべて上昇し、浸蝕の度が増しています。報告書では、二一〇〇年までに崖は四十九メートル後退するとの予測でしたが、すでに六十一メートルに達しています。アイラビスタのほとんどは居住不可で、崖近くの校舎は崩れ落ちました。

市中心部とサンタバーバラ・シティカレッジに近いメサは魅力的な近隣地区でした。そこの多数の家屋は崖から十五メートル以内にありました。メサの崖は二一〇〇年までに百六十メートル後退するとされ、予測は正確でしょうから、この地区は居住不可になります。

報告書には、洪水と百年に一度クラスのハリケーンの影響も記されていますが、このクラスの嵐は二十五年に一度くらい来襲し、海面上昇に加えて、海面は一・五メートル高まります。サンタバーバラ空港とシティカレッジ構内の一部、市内の低い土地、海岸から十五ブロック内陸の地域は数年毎に洪水に見舞われるでしょう。海水の淡水化工場と廃棄物処理工場、鳥獣保護区、スターンズワーフ（桟橋）を同時に取り除きました。

もう一方の、山からの脅威についてはどうですか。

サンタバーバラの独特の陸地と海の配置と、カリフォルニア沿岸という場所柄は二種類の強風の影響を受けやすく、煽られて大火災になりやすいのです。山脈と麓の海との間の気圧差で夕方風《サンダウナーズ》が起こります。風はサンタイネス山脈の頂から海洋へ向かって山腹を駆け降ります。空気の下降とともに熱を帯び、乾燥し、速度を増し、火の延焼を防ぎようがありません。山腹で火災が発生すると、その種の火災は増える一方ですが、夜、風がおさまるまで待たなければならないと言う消防士の言葉をニュースでよく耳にしました。もちろん、その時には家々は焼けてしまっているでしょう。

もう一つのタイプで、有名なサンタアナの風（訳註　晩秋に熱く乾燥した風が州内部から海岸へ向かう）も熱く乾燥し、山腹を吹き降りますが、この風はグレートベースン（訳註　ロッキー山脈とシエラネバダ山脈の間にある地形学的に広い乾燥した地域）から吹き込み、さらに広範囲に影響を及ぼします。サンダウナーズが吹いてから数日後にサンタアナの風が吹いて総仕上げをすることがあります。

一九五五年から二〇二〇年代にかけて、サンタバーバラ郡では大火で総面積の四一パーセントに相当する百万エイカー（約四十万ヘクタール）以上が焼けました。二十件の火災のうち十五件は一九九〇年以降に発生しました。二〇一七年十二月の「トーマス火災」は約二十八万二千エイカー（約百十四ヘクタール）が焼失し、州の歴史上最大の火災となりました。次に翌年夏、北部地域が「メドシノコンプレックス火災」に見舞われて四十六万エーカー（約百八十六ヘクタール）が焼失し、州の六カ月間記録を破りました。忘れてならないのは、その頃温暖化が始まったばかりで、山火事は米国森林局が燃料となる枯木やくずを除去しなかったからだと懐疑論者は相変わらず主張していました。

識者はこれが「カリフォルニア州の火災の世紀」になることが分かっていました。森林火災は避けがたい厳然たる事実になってしまい、空気に煙が充満したまま完全にはなくなりません。国有林の地所の大部分が焼け、森林周辺部の小さな町も数多く焼失しました。

カリフォルニア火災の最大の危険は、その後、とくにシャパラル（訳註　暑く乾燥した夏と冷たく湿った冬に対応した常緑の低木からなる生物系）地方で起こったことです。火災で土壌を抱えている草木の根が焼かれると、次に大雨が降ったときは、土壌と石、火災の瓦礫を動かし、下方に流れ出して雪崩のような勢いになります。人の居住地域に流れ込んだ場合、除去に数年かかり、火災被害よりも費用がかかります。まさにそれが二〇一八年にモンテシートという美しい場所で起き、高さ四・五メートルの瓦礫が時速三十二キロで流れて数百軒の家屋が倒壊し、死者二十一人が出ました。基幹となるハイウェイ一〇一は瓦礫に埋もれ、修復工事に数カ月かかりました。

ここまでは膨大な面積を焼いた大火災についてお話してきました――注目を集めた火災です。もちろん火災の多くはもっと小規模ですが、消防士が消火するまでに家屋と人命が失われました。私の祖父は二〇一八年にそんな火事で家を焼失しそうになりました――道路名から「ホリデイ火災」と呼ばれました。焼失面積は四十六ヘクタールで、巨大な「トーマス火災」とは比較になりません。それでも、「ホリデイ火災」では十軒の家屋が焼けて祖父の家も焼けそうになり、消火に百五十万ドルもかかりました。同時に二カ所以上から出火するこうした小さな火災が多くなり、消防士は一カ所しか対応できませんでした。一地区で出火があると州全域や州外から消防隊が応援に駆けつけます。しかし、消防隊は担当地区からの出火を怖れて部署を離れたがらず、駆けつけたときは制御不能になっている場合が増えています。

私は一九五〇年以降の全国の火災発生地区を示した二〇二〇年の火災地図を持っています。火災地域を年毎に色分けし、焼けなかった地域は白のままです。パッチワークのキルトのようにたくさんの色があります。ところが、何カ所かは大きく取り残されたままです――たとえば、セントラル・バレー（訳註　カリフォルニア州中央部を占める広く平らな谷）は樹木がほとんどないので大火事が起こりません。一つは国立公園や国有林がある州東部を南東に走る地域で、もう一つはセントラル・バレーの西側沿岸地域です。ベイカーズフィールドの下で二つが重なり一つになってメキシコ国境へ続いていきます。仕事に就いて日の浅い頃、この地図を調べると、火災になりやすい条件があり、従って、明らかに将来火災が起こりやすい場所であることを示していました。

今日、地図を改訂するとしても、一部の郡では燃えなかった地域が残っていません。地図が示したそれらの地域は火災が多く、再び火災に遭っていて、色分けの他に判読手段を講じる必要があります。近隣のベンチュラ郡はすでに古い地図に白い筋を加えています。現在は、郡境から郡境までは同一色調でも各々の上段が色と模様で別けられています。ベンチュラ郡の地図は、３－Ｄの層で火災を識別する必要があるでしょう。

最後に、カリフォルニアの火災は二大電力会社にどんな影響を及ぼしましたか。

早い話が、火災で二社は倒産しました。カリフォルニアの火災のほとんどは雷よりむしろ人間によるものでした。人的要因のほとんどは電力会社の各種機器の欠陥によるものでした。送電線がショートすると火花が出るし、手入れされていない枯れ枝に電線が触れると火が出ます。不適切な場所での小さな火花から大火災が始まると考えると衝撃的です。

カリフォルニア州法は機器の不備に起因する被害の弁済を電力会社に求めていました。電力会社は消費者団体から総額数百億ドルもの訴訟も起こされました。パシフィックガス・アンド・エレクトリック社とサザンカリフォルニア・エジソン社の二大電力会社の債券はジャンク債に格下げされ、破産を宣告しました。両社は二〇二〇年代に倒産し、州が電力供給元にならざるを得なくなりました。民間公益事業会社が温暖化のもう一つの犠牲になったのです。

カリフォルニア州では火災が新しい日常《ニューノーマル》だと言ったものでした。そういう表現は世界が安定から別の局面へ変わったという意味ですから、科学者には関心がありませんでした。新しい日常は毎年あります。これは変化の時期を遣り過ごすだけで、適応できる新しい安定期に到達すると思いたい気持ちにぴったりの考えです。でも、日常なんてものが無くなったとすれば、変化自体が日常になったとすればどうなるでしょう。

カリフォルニアの火災の未来と海面上昇の未来は微妙に違います。ある時点で、燃えるものは燃えてしまい、新たな火災件数と焼失面積はピークに達して減少することはこれまで通りでしょう。その時にカリフォルニアにはどれくらいの人口が住めるのかは誰にも分かりません。しかし、海面上昇は続き、サンタバーバラの住民は海と山腹の間の狭まっていく居住地に押し込まれています。サンタバーバラの住民にとってはこれが天国の終わりの姿です。

第二部　洪水

素敵な町

ヴィヴィアン・ローゼンツヴァイク博士はニューヨークのコロンビア大学気候システム研究所所長であり、同研究所は、現在は、ニューヨークのポキプシー（NY州タッチェス郡の郡都）にある。

ローゼンツヴァイク博士、あなたはニューヨーク市が地球温暖化の影響を受けやすいことを認識しておられましたね。そのために、研究所がハドソン川の百二十一キロ上流に移転せざるを得なくなることを想像しましたか。

科学者は、地球温暖化はひどくなる一方だと考えていました。しかし、二〇三〇年代、四〇年代に起こると予想したことが一〇年代、二〇年代に現れてきたことに驚きました。私たちの気候モデルは、考え得るあらゆる反応を捉えていなかったのではないかと気になり、果たしてその通りでした。個人的には、コロンビア大学など数カ所の大学で活動停止を余儀なくされるほどニューヨーク市で被害が出るとは予想しませんでしたし、このとおり、多くは完全閉鎖の状態です。コロンビア大学評議会は大学保有の石炭会社の株を売却しましたが、大手石油会社の株は手放さず、手遅れで影響を被りました。二〇二〇年代の評議会に彼らの方針がもたらした現状を見てもらいたいぐらいです。幸いここへ移転できましたが、この新時代に幸運は長続きしません。残念なことばかりでして、私が気落ちして知的会話ができなくならないうちに、あなたの質問にお答えすることにしましょう。

確かにニューヨーク市は脆弱で、とくに二つの理由があることは分かっていました。第一に、多くの都市と同様、ニューヨークの公共設備は地上では閉鎖されていて、買い手がなく低価格で売りに出されています。例えば、上下水道処理設備は、海抜数十センチの陸地にありました。多くの地下鉄路線は海面以下にありました。三カ所ある空港は海抜三メートルから六メートルしかなく、閉鎖前にラガーディア空港に降りた人はいやでもそれに気づきました。温暖化のために高くなった海面に嵐が来ると、これらの低地にあっても重要な公共施設が最初にやられます。

脆弱性の二番目は、ニューヨークが二方向から来るハリケーンの通路に当たることで、南からと、ニューイングランド方面の北東からです。北東から来る嵐は、風速は遅いですが、長く停滞し、市内の道路や建物が洪水の被害を受けます。

やや昔の話ですが、一八二一年に記録に残る最初の大型ハリケーンがニューヨークを襲いました。ハリケーンの目が直撃し、一時間後に四メートルの高潮が襲い、マンハッタン南部から北のキャナルストリートまで洪水になりました。一八九三年にはロングアイランド南岸の先にあるホッグ島が破壊されました。「ロングアイランド・エクスプレス」として知られている一九三八年の巨大ハリケーンは、十メートルもある海水の壁が押し寄せ、死者七百人を出しました。それから一九六〇年のハリケーン・ドンナはカテゴリー3で、約三メートルの高潮に見舞われました。この時、マンハッタン南部の、後にワールドトレードセンターになった場所は、ほぼ腰まで水に浸かりました。空港は業務を縮小し、地下鉄と高速道路は閉鎖されました。一九九二年十二月には風速毎時百三十キロ（毎秒三十三〜四十二メートル）で、六メートルから七・五メートルの高潮を伴う北東型の嵐によりニューヨーク史上最悪の洪水に襲われました。一九九九年九月にはカテゴリー2のハリケーン・フロイドが来襲し、二十四時間の降雨量は四十センチにもなりました。幸い到達時は干潮で、嵐はすでに衰えていたため高潮はありませんでした。

二十世紀にニューヨークはすでに異常気象に影響されやすいことが分かっていたことを思い出して下さい。二十一世紀の進行とともに海水温は上昇し、二〇六〇年にはハリケーンの勢力が増し、最大風力が毎時二百十キロ（毎秒五十〜五十七メートル）のカテゴリー3の嵐は、最大風力が毎時二百五十キロ（毎秒五十八〜六十九メートル）のカテゴリー4になるでしょう。

ご承知のとおり、私たちは、洪水などの異常気象を頻度で等級づけします。百年に一度の洪水はある年に百分の一の確率で起こります。その洪水が起きたら次の九十九回は難を逃れるという意味ではありません。今世紀初め、ヒューストンはいわゆる五百年に一度の嵐に三年間に三回見舞われました。科学者は過去の経験から嵐の頻度を予測しましたが、温暖化で過去はもう将来の参考にならないようです。私はそのことを強調し、もっと幅広く解釈したいと思います。人類史を通じて、人々は過去を基礎にして危険を予測して来ました。有名な氾濫原に家を建てたり、最上位の潮位線《タイドライン》に海

（訳註　満潮時に打ち寄せる波〈潮〉の一番先端を繋いだ線、つまり、海岸が一番狭くなったときの海岸線）

の家を建てたりしませんね。あなたが灌漑設備を、例えば、カリフォルニアのインペリアルバレーに造ったときは、あなたはコロラド川の流れは変化しても、平均すれば変わらないと考えました。そういうことです。しかし、化石燃料を燃やしたことで、過去は、未来に対する、人類の危機に対する、指針として使えなくなりました。

地球温暖化で海面が上昇し、嵐が勢力を増し、洪水と高潮が街を襲うたびに、百年に一度の洪水は五十年に一度の洪水になり、二十五年に一度、さらに今日では十年に一度の洪水になりました。大洪水が以前より十倍も起こりやすくなっては、生活も、事業展開も困難です。

二〇二八年の「アルフォンス」という名称の北東型の巨大嵐は、予報より速くニューヨークに到達した点で一九九二年の嵐に似ていましたが、到達後は何日もどしゃ降りが続きました。時期は悪くはなく、折しも嵐は満月にやって来て、長く居座り、洪水が四つ発生しました。ニューヨーク市の地下鉄は回路がショートして、人々は車内や駅構内で立ち往生しました。マンハッタン南部の地下鉄の数駅では天井まで洪水が達しました。塩水を除去し、故障した電気設備を交換し、運転を再開するまでに数カ月かかりました。ニューヨーク市とニュージャージー間を繋ぐ「ＰＡＴＨ」輸送経路は一カ月近く閉鎖されました。ラガーディア空港の滑走路は約三十センチ塩水に浸かって、排水に数日かかりました。ＦＤＲドライブは二メートル冠水し、マンハッタン南部の多くの道路が水に浸かりました。嵐はファイアアイランドなどの低地の島々の他に、ウェスサンプトンの家屋とロングアイランドの接続地域を破壊しました。洪水でマンハッタン南部はキャナルストリート辺りで二つの島に分けられました。水が引くまで一週間以上、ウォール街や他の金融街にはボートで行かざるを得ませんでした。被害総額は二百億ドル（約二兆円）、死者三千人でハリケーン・カトリーナ以上でした。しかし、それは威嚇射撃でしかありませんでした。

巨大嵐によりニューヨーク市当局はオランダの堤防と海門の調査チームを派遣することにしました――マエスラント水門が崩壊してロッテルダムが洪水に遭う二十年前のことでした。ニューヨークは拠点となる三カ所に防潮堤を建設し始めました。スタテン島とニュージャージー間のアーサー・キル（訳註　NJ州本土とNY州スタテンアイランドを分かつ潮汐海峡）の港口、ニューヨーク港への入口のナローズ、そして、ラガーディア空港のすぐ上のイーストリバー上流です。三カ所の防壁でマンハッタン、スタテン島、ニュージャージー半島、そして、ブルックリンとクィーンズ地区の内陸部を封鎖し、保護しました。ですが、計画ではロングアイランド東岸と、ロッカウェイズ、ブライトンビーチ、JFK空港は守られませんでした。今だから分かることですが、これは二十一世紀への大きな教訓した。つまり、私たちは住民や地域を救うことはできますが、必ずしも全員をいつでも、どこでも救えないということです。

北半球ではハリケーンは反時計回りに動き、ハリケーンの目の右側は猛烈な風が吹きます。ニューヨーク周辺の地勢によって大型ハリケーンの被害は大きくなりがちで、ニュージャージーとロングアイランド間の急カーブから漏斗状（訳註　上が広く、下が細くすぼまった穴になっている形状）の水がニューヨーク港にじかに吹きつけます。

二〇四二年八月に大嵐が来襲したときは、海面上昇とニューヨーク地域の地盤沈下が重なって、海面は二〇〇〇年当時よりも六十センチ上がっていました。二〇四二年〜八年にはカテゴリー3の嵐がジャージーショア市付近の大西洋を北上して、その後同市に近づくと、急に西寄りに向きを変えて最悪のコースを辿りました。この時点で海上を進み、陸上をのろのろ進む恐れはなくなりました。ハリケーンはアズベリーパークに上陸し、北上してから西寄りのパース・アンボイ、エリザベス、ニューアーク、パターソンへ向かいました。

（注）アメリカ海洋大気庁（NOAA）はハリケーンに人名をつけていた。名前が尽きると、ハリケーンの年月を示す数字を付け、世界各国はこの命名法を採用した。

スタテン島とニュージャージーとの間の防潮堤も、ラガーディアから上のイーストリバー上流の防壁も建設工事中だったのですが、数時間で崩壊しました。ニューヨーク港口の防壁は当時二年間うまく作動していました。しかし、一日中吹き続けた毎時二百十キロ（毎秒五十〜五十七メートル）の風と十四メートルの高潮でこれも破壊されました。防壁はアメリカ陸軍工兵隊が、二一〇〇年までの海面上昇は五十五センチとの想定の元に建設しましたが、二〇五〇年にその水準を越えました。

巨大な高潮がアッパー・ニューヨーク湾に押し寄せて自由の女神像の土台を襲い、エリス島とガバナーズ島は波に呑まれて潰滅しました。女神像の足元を大波が叩き続け、巨大な波の一撃でとうとう像は倒れました。像は横向きに倒れ、松明は像の製作者が想像できなかったほどの高波に呑まれました。

二〇四二年～八年の高潮が破壊したのは、湾内の島々だけではなく市内至る所です。七メートルの高潮でラガーディア空港は水浸しになりました。JFK空港では海水の高さが十メートルに達して、空港は壊滅しました。洪水はリンカーントンネルの天井に達し、多くの人々が車中で溺死しました。巨大な波はブルックリン・バッテリー・トンネルにも押し寄せ、金融街に溢れて、どの建物も低層階は浸水しました。

嵐はマンハッタン一帯を水没させただけでなく、ロッカウェイズ、コニーアイランドなどブルックリンの各所も水浸しにしました。クィーンズではロングアイランド市、アストリア、フラッシング・メドウズ・パークなどが、また、スタテン島でもグレートキルズハーバーから北へヴェラザノ橋までが浸水しました。全交通網の機能が停止しました。市内のほぼ全域が停電し、復旧に数カ月かかりました。自動車や徒歩で市内から逃げ出そうとした市民に多数の死者が出ました。ジョージ・ワシントン橋から人々が落下する様は二〇〇一年のワールドトレードセンターの惨事のようでした。略奪がはびこりました。警察と医療施設はパンク状態でした。ニューヨークは無防備都市のようになり、法の支配が行き渡るまでに一年近くかかりました。

ワールドトレードセンター攻撃のときは、煙や粉塵の影響を考慮しても、直接被害を受けたのは市内の限られた区域でした。二〇四二年の嵐の被害地域は比較にならないほど広大で、ニューヨーク市全域と周辺部の活動が停止しました。多くの会社や団体はニューヨークの未来を悲観して可能な限り高地の内陸部へ移動し、私どもの研究所もそうせざるを得ませんでした。もちろん、これは世界的な沿岸地域の脅威のほんの始まりにすぎませんでした。世紀半ばには、すでに人名でのハリケーン表記が守り切れなくなっていたのです。

私どもの研究所と私は無事ですが、安全をどう守ればいいか。私たちは世の中をよりよい場所にするために科学の道に入りましたが、もう可能性はありません。今の私たちの人生の目的は何なのでしょう。

マイアミブルース

ハロルド・R・ワンレス四世は、マイアミ大学の著名な今世紀初頭の地質学者のひ孫である。彼はフロリダ史と家系図学の研究者であり、私はビスケー湾の西八キロにある彼の自宅を訪問した。

私の曽祖父の専門は沿岸地質学でして、フロリダ南部の海面上昇の影響を研究していました。今世紀初め、マイアミ・デイド郡気候変動対策班の科学委員会の座長を依頼されました。曽祖父は自分の研究が疎かになり、良くない結果をもたらすと考えましたが、市民の義務と考えて依頼を受けました。彼の書簡や論文を読むと、地球温暖化のフロリダ州への影響について、科学者が真実を伝えなければ、誰が伝えるのかと考えていたようです。

同委員会の報告書は二〇〇七年に出て、これは我が家にあります。地質学上の根拠によれば、過去二千五百年間でフロリダ南部の海面は百年間に平均三十八ミリ上昇してきました。穏やかな上昇のため、マングローブの湿原と海辺の広がるしっかりした海岸線が保たれ、フロリダ沿岸は住宅建設に安心・安全な場所になりました。その後で、委員会は爆弾宣言をしました。一九三二年以降、海面上昇率は二千五百年間の平均で百年間に約三百ミリと、以前の約八倍に加速していたのです。加速の原因は、曽祖父と同僚によれば、地球温暖化でした。当時は禁句でした。無知な知事のために、その後、州報告書における地球温暖化への言及が禁じられました。まるでなかったかのようでした。

曽祖父の委員会は、今後五十年間に少なくとも五十センチ、今世紀末には九十〜百四十センチ上昇すると予測しました。黄ばんだ切抜を読むと、曽祖父は州議会に対し、海面が百二十センチ上昇すればフロリダ南部に住むのは非常に難しくなり、百五十センチになると生活できなくなると述べました。海面が一メートル上昇したら「淡水資源がなくなる。マイアミ・デイド郡の西部のエヴァグレードには海水が入りこむ。防波島はほぼ水没する。高潮は想像を超える。海と沿岸の環境が汚染され、埋立地は侵食されるだろう」。どの予測も事実となりましたが、耳を傾けた人はいたのか。

それはさておき、当時のフロリダ州政府と議会にも懐疑論者がいました。でも、全員が同じ宣誓をしていました――それを読んでみます。

私は、アメリカ合衆国およびフロリダ州の憲法と政府を支持し、保護し、擁護すること、州憲法の下で正式に就任する資格を有すること、そして、これから始まる義務を立派に誠実に履行することを厳粛に誓います。神のご加護があらんことを。

宣誓に州民の福祉についての言及がないのは、言わずもがなだからです。我が国には軍隊がありますが、これから戦争になるからではなくて、歴史がしばしば示すとおり、戦争になった場合に備えているのです。私たちは先を見て、将来の可能性に備えます。しかし、フロリダの政府関係者はそうではありませんでした――未来についての自分たちの判断は正しく、科学の世界は間違いだと言いました。科学を否定し、神への誓いを破りました。

当時人々をまず惹きつけたフロリダの気候と、浜辺、眺望などを思い起こせば、曽祖父らの予測はとりわけ憂慮すべきものでした。科学委員会は地球温暖化でその三つすべてが危険に晒されていると断定しました。外で遊べないほど暑くなったら、海面上昇で海岸が縮小したら、エヴァグレード（訳註　フロリダ州の俗称）が水没したら、北の気候が暖かくなったら、飛行機で南へ来る必要がなくなる――それでもフロリダに来たいと思うでしょうか。人々は来なくなったし、今も来ません。

今世紀が時を刻むとともに、私たちフロリダ住民は、高潮がだんだん内陸へ迫るのに気づきました。お気に入りの浜辺へ行くたびに幅が狭くなっていました。エヴァグレードでは海面が上昇し、マイアミの西の地域は水没しました。ハリケーンの威力は目に見えて強大になりました。それに暑さです。住民は暑さには慣れていましたが、耐え難いほど暑い日がありました。『マイアミ・ヘラルド』には、二〇三五年のマイアミの気温は、同市を二〇〇〇年の世界で最も暑い——もちろん湿度も高い——都市の一つにするだろうという記事が報じられました。今日、無関心でいることは、自分の健康を危険に晒すか悪化させることになります。個人的に辛いのは、夜になっても涼しくならないことです。私は陽が沈むとテラスに腰かけて、夕方の海のそよ風に吹かれながら、まだラムが手に入るなら、ラムトニックをするのが好きでした。でも、もうだめです。今でもテラスに出ますが、それは電気の使用割当て制でエアコンが使えないからで、外で腰かけているのは、中にいるより格段に良いわけではありません。

二〇二五年、フロリダ南部は巨大ハリケーンに襲われました。

洒落でも何でもなく、それはとどめの一撃でした。マイアミ・ビーチを直撃した「二〇五六―八」として知られるカテゴリー4の嵐で、十メートルの高潮が内陸へ押し寄せました。高波はマイアミビーチ・ゴルフクラブとマリーナに八百メートルの破壊の爪痕を残し、夥しい数の建物を呑み込んでいきました。その後、マイアミ・ビーチは堡礁島を二島備え、一島は以前からあり、大西洋はビスケーン湾への直行路でした。フィッシャー島とダッジ島は水没しました。フォートローダーデールからハリウッド、マイアミ・ビーチ、キービスケーンへの南のビーチは消失しました。

マイアミ港は世界最大級の港でしたが、「二〇五六―八」はルーマス島の貨物用コンテナ設備を破壊し、他の設備は洪水で修復不可能になりました。マイアミは貨物輸送船に対応できなくなりました。その時まで船旅業界は長く閉鎖状態でした。

海面が高くなるにつれて、キーウエスト国際空港も洪水に襲われました。高速道路一号線も水没が危ぶまれ、やがてキーウエストは本土から切り離されて船でしか行けなくなりました。集団移動が始まり、キーウエストはゴーストタウンになりました。

春の高潮は内陸の奥へ流れ込み、堡礁島の裏側にも溢れました。本土では排水設備が詰まり、フロリダ南部の多くの作物は塩害に晒されました。ホームステッドに近い低地にあるターキーポイント原子力発電所とホームステッド空軍予備役基地は見捨てざるを得ませんでした。ターキーポイントは米国で六番目に大きい原子力発電所で、これを失って計画停電になりました。

フロリダ南部の商業と不動産業界は好況から不況へ転じました。人々は郵便受けに鍵を入れてローン支払い中の住宅から出て行きました。無人の住宅地域を歩き、郵便受けを覗くと、錆びついた鍵がそこにありました。

昨年、海面は、曽祖父の予測の範囲内の一・二メートル上昇しました。フロリダの大西洋岸全域で、沿岸の土地と内側の池は水没しました。マイアミ・ビーチはなくなったのです。フォートローダーデールやベロビーチなどの都市は土地が半分以上失われ、住民は残された土地から急いで逃げ出しています。

時間がないでしょうからフロリダ南部とマイアミに起きた詳細な話はやめて――その一部ですが、マイアミの中心のブリッケル地区の話をします。今世紀初め、ブリッケルの建設ラッシュはマイアミに新たな地平線を与えました。この地区には金融街、高層の高級分譲マンション、オフィスビルの高層タワー、邸宅などができました。ブリッケル地区は「南部のマンハッタン」か「超高級住宅街」でした。しかし、今日ではマイアミ川から南へリッケンバッカー道路と三キロ奥のブリッケル地区のどの建物も階下は水に覆われています。すべての企業本社、四つ星ホテル、豪華マンションは閉鎖され、建物は荒廃し朽ちるに任せています。

もちろん、ブリッケル地区はビスケーン湾の沿岸にあって、ほぼ海抜ゼロメートルです。数キロ奥は数十センチ高くなるだけです。でも、ホームステッドの西数キロに家を構える私を想像してください。真西はエヴァグレードですから、その方向へは逃げられません。バイクで東の海岸方面へ向かうと、先へ進むほど目立って廃屋や閉鎖店舗、高潮によるたまり水があります。ほんの数キロで、海水に数十センチ浸かったままのマイアミ・ビーチとブリッケル地区に着きます。科学者は、海面上昇は、今世紀中はもちろん、来世紀まで続くと言っています――どれくらい上昇し、いつまで続くのか分かりません。いつかは高くなった海面に嵐の高潮が重なって海水は私の住居まで達するでしょうし、あるいは、何らかの理由で子供たちがその辺りにいるとしたら、彼らの住居が既に達しているのかもしれません。避けられないでしょう。分別ある人間ならどうするか。方策があれば、ここから出て行きます。大半の人が出て行きました。私たちワンレス家は、長くフロリダ州民であることを誇りとし、可能な限り留まりたいと思って来ましたが、まもなく運べるだけの荷物を抱えて逃げ出すことになるでしょう。どこかは分かりません。二十年後か三十年後にはフロリダ南部はほとんど無人となり、一世紀ぐらい後には水没して隆起前の海に戻るでしょう。曽祖父の言うことに耳を傾けておくべきでした。

バングラデシュ――地理的宿命

今世紀初め、科学者は海面上昇に対してとくに脆弱な三カ国を挙げた。エジプトとベトナム、バングラデシュである。私は二十一世紀のバングラデシュの歴史を学ぶために、八十代になった気候学者のモハマド・ラーマン博士と、ダッカの彼の研究室で話をした。彼と同世代の人々もだが、博士は流暢な英語を話す。

私の語調が厳しさを帯びていたらお詫びします。二〇八〇年代のバングラデシュ国民であること、そして、あなた方が先進工業諸国と自称してきたことに対して怒りを禁じえないのです。まず、何に対してなのか。世界の他の人々のために世界を台無しにしようというのでしょうか。いったいどれだけの欧米人が私たちの歴史の細部まで知っているのでしょうか。関心があるのでしょうか。二〇二〇年代には、バングラデシュ経済は急成長し、生活水準は改善していたことをどれだけの人が知っていたのでしょうか。そんな時、あなた方のせいで地球温暖化になりました。

「地理は宿命である」という英語表現が見事に当てはまる国は、我が国の他にはありません。バングラデシュは二つの自然界の脅威に圧迫されています。北にはヒマラヤ山脈があります。地球上の最高峰と、海へ流れ込む大河を潤す雪原の生育地です。南には北インド洋のベンガル湾があり、ここは地球上の猛烈なサイクロンの生育地です。

バングラデシュの河川はヒマラヤの山腹の浸食による大量の堆積物を運びます。それらが低地に達して泥を沈殿し、世界最大級のデルタ地帯が生まれました。沿岸の広大でなだらかな平野です。今世紀初め、バングラデシュの八割は海抜十メートル以下で、二割は一メートル以下でした。今世紀初め、米国の五分の一が海抜一メートル以下だったとしたらどうだったでしょう。貴国の政治家の態度は違っていたでしょう。我が国には、翻訳すると「河川や小川、そして民族詩人や吟遊詩人がいない村はない」の諺があったほど夥しい数の河川や入江があります。今や河川は涸渇し、詩人や吟遊詩人は口を閉ざしました。

二〇〇〇年には、バングラデシュ人など十三億人が、ヒマラヤに源を発する十大河川の流域で生活していたと知ったら驚くかもしれません。ヒマラヤの氷河が溶け出してガンジス川とブラマプトラ川に流れ込み、バングラデシュに水を供給していました。気候学者によれば、山岳地域は平野よりも先に暖かくなるそうですが、その通りなのです。今世紀初め、ヒマラヤ高地の氷河は毎年十八〜二十メートル後退しています。チベット仏教の八聖峰の一つであるカワゲボ雪山のミンギョン氷河は世界最速で後退が進んでいます。氷がさらに速く溶け出すと、二〇四〇年頃にはヒマラヤの南側を流れる増水した川の水位がこれまでにないほど上がり、洪水になるかもしれません。しかし、氷河が溶けて小さくなり続けると、毎年流れ込む水量がどんどん減り始め、逆の問題が生じます。今日では、ガンジス川もブラマプトラ川も毎年数カ月間渇水し、給水が大幅に制限され、バングラデシュで気候難民が数万人増加します。洪水に続く渇水のサイクルは、氷河の雪解け水が川に流れ込む国では繰り返されています。他の国の人間からも同じ悲しい話を聞くことになるでしょう。

二〇五〇年までに世界の海面は一メートル上昇しました。私たちの土地は海抜すれすれですから、海面上昇と嵐の高波で国土の四分の一が被害を受けます。熱帯低気圧（貴国ではハリケーンと言いますね）は強大化し、深く内陸まで達するようになりました。海面上昇と高潮は被害と死者数を増やすだけでなく、地下水を海水で汚染しました。海岸から四十キロまでの田畑は使えなくなりました。浸食と塩害で土地が失われてコメの生産は三分の二に減りました。オーストラリアでも東南アジア諸国でも作物が育たず、購買力がないのにコメを輸入に頼らざるを得なくなりました——コメはバングラデシュの主要産品なのです。飢饉が広がり、インドなどの近隣諸国が受け入れてくれるだろうと信じて、あるいは、見込みのない希望を持って、多くのバングラデシュ人が国を離れようとしました。

地球温暖化以前にも、毎年の洪水と嵐で六百万人が土地を追われていました。多くの人々が不法移民としてインドの老朽化した汚いスラム街に入りました。始めのうち、インド政府は見て見ぬふりをしました。しかし、数が増えてインドは一九八〇年代に独自に「万里の長城」を建設したのです。バングラデシュとの国境全域に四千百キロの鉄柵を敷設したのです。だいぶ前に米国政府もメキシコとの国境にバリケードを建設しようという愚かな考えを抱いたのと同じです。インドとバングラデシュ間の壁には巨費を投じましたが、ほとんど効果はありませんでした。そういう障壁は破れかぶれの人々を排除できないと思います。確かに、どんな壁でも猛攻撃には持ちこたえられません――何十万人、何百万人の気候難民が押し寄せるのですから――今世紀、越境はより良い生活への道であるだけでなく、生き延びるための道になったのです。

今世紀半ば、バングラデシュの気候難民は二千五百万人でした。現在は推定五千万人で、増加し続けています。大半は収入の道がなく、劣悪な難民キャンプ以外に住む処がありません。水質劣化、気温上昇、病気を媒介する蚊の増加、そして、不潔きわまりない衛生状態のためコレラや赤痢、チフス、黄熱病が発生しました。しばらくは貴国など諸外国からの援助がありましたが、年が経つにつれ、地球の裏側へ送る支援金や関心はもうなくなりました。「赤十字」や「赤新月社」、「国境のない医師団」などの国際援助機関も随分前にドアを閉じました。今世紀は、どの国も自国にかかりきりで、遅れた者は鬼に食われろとでも言うのでしょうか――遅れた者とはバングラデシュ国民のことでしょう。

我が国の人口は二〇二五年には一億七千万人でピークに達し、現在はどれくらいか分かりませんが、専門家によれば七千五百万人以下だそうです。バングラデシュと世界に起きたことを何と呼べばいいのでしょうか。すべての国々、すべての民族が被害者であり、地球温暖化は意図したものではないので「大量虐殺《ジェノサイド》」という言葉は使えません。しかし、偶発的でもありませんでした。世界各国は十分警告していたのに、指導者は傍観・放置するのみでした。先進工業国だけでなく、近隣の中国とインドなどの国々まで――すべての国が責任を怠りました。

気温が上昇した大海に巨大サイクロンが現れたとき、バングラデシュに何が起こるかを、あなた方アメリカ人は知らなかったはずがありません。二〇〇八年十二月、七十五年以上前ですが、貴国の研究所は大洪水の可能性を調べ、その際には数十万人のバングラデシュ難民がインドへ向かうだろうとのことでした。この調査では、そのために宗教紛争、感染病の拡大、広範囲のインフラ被害を招くと予想し、実際にそれが起こりました。しかし、バングラデシュ人の保護までは考えていませんでした。むしろ、米国でその規模の洪水が起きた場合の構想を練るための調査だったのです。

私たちは、あなた方の研究所の檻の中のマウスでした。地球温暖化に大きな責任がある人たちは、私たちを「第三世界」と軽視して、私たちから手を引きました。あなた方の手には私たちの血痕が残り、時が経っても消えないでしょう。ですが、今あなた方は私たちが舐めた苦しみを味わっており、自業自得です。

さようなら、ニューオルリンズ《ビッグイージー》

モーリス・リチャード博士はラファイエットのルイジアナ大学地質学教授であり、ニューオルリンズとその洪水の歴史に関する一流の専門家でした。彼のケイジャン（訳註　祖先が北米東部のアカディア地方に入植したフランス人の直系で、イギリス人に追放され、ルイジアナ州南部に定住した人々）一家は、後にフレンチ・インディアン戦争（一七五四年～一七六三年）に続く「大追放（Le Grand Derangement）」後の一七六五年にニューオルリンズ西部へやって来ました。

リチャード博士、ニューオルリンズの多くの土地はずっと海抜以下です。市の創立者が地球温暖化を予想できなかったとしても、なぜミシシッピ川河口を安全だと考えて大都市を建設したのか、現代では理解し難いところです。

アメリカに定住した人々はこの大陸に歴史を有さず、頼るべき歴史もありませんでした。ミシシッピ川の氾濫やハリケーンの来襲がどれほど頻繁にあったかはほとんど知りませんでした。知っていたとしても、川や湾が昔ながらに将来もあると考えたでしょう。ミシシッピ川は水量が増える年もあれば、減る年もありますが、昔と同じ範囲内に収まっているだろうと、ね。湿地帯が高潮からルイジアナ州南部を守ってくれだろうし、潮の高低はその時々で極端に変化するが、潮は引くし、長い目で見れば海面の高さは変わらないだろう。「見かけは変わっても本質は変わらない」。今日、その言葉がまだ真実であると思いたい。

この大陸の先住民と初期定住者にとって、デルタ地域には数々の長所がありました。つねに水がある、土壌が肥沃、川下の海と上流の定住者との往来に便利、魚や貝類が豊富などです。ニューオルリンズだけでなく、アレクサンドリア、ベレン、ラングーン、ロッテルダム、サイゴン、上海、天津なども同様です。しかし、デルタに家を建てるのは常に危険を伴います。下流への洪水、海から逆流する高潮、上流から運ばれる泥で海抜を維持できているだけで、地盤沈下が起きる怖れがあります。

しかし、沈泥は昔と同じ場所に積み上がるとは限りません。デルタでは流路がしょっちゅう変わり、風景は絶えず変化します。しかし、都市は変化する流路と曲がりくねる泥とともには暮らせません。都市にとって、川と泥は一カ所に留まっていてもらわなければならないので、堤防を建設して川と水路を閉じ込めます。川は囚われの身となりますが、期間と力は永久ではありません。隙があれば逃れようとします。今年でもないし、来年でもないし、一万年後でもないかもしれない。でも、どれほど長くかかっても川は脱出します。逃亡名人を一時でも閉じ込めておくためには、一瞬たりとも監視の手を抜けません。川の真ん中で馬を代えること、つまり、デルタへの都市建設は、自然を無期限に屈服させておけるかどうかにかかっています。人間は必ずその賭けに負けます。

　海面上昇の結果についてあまり考えていなかった人々は、大きな影響は、お気に入りの海辺で足首までだった海水が、地球温暖化で膝までくるようになると想像したようでした。どうしようもありません。しかし、デルタ地帯の傾斜はわずか一パーセントです。横方向へ三十メートルごとに約三十センチ程度です。その程度でも、膝に水が届いたときには四十五メートル内陸へ浸水してしまいます。浜辺は狭まり、いつかは消えてしまいます。そこへ大きな高潮が来て海はさらに内陸へ入ります。注目すべきは海面の縦の上昇だけでなく、高くなった海からの内陸への浸水と沿岸地域の都市への影響です。

ニューオルリンズがとくに脆弱というのはどういうことですか。

　デルタにあることが一つの理由です。ほかに二つあります。二十世紀後半にガルフ・コーストを襲ったいくつかの巨大嵐を思い出して下さい――フロッシー、ベッツイー、カミーユ、ジュアン、アンドリュー、それにジョージズです。ニューオルリンズはハリケーンの主な通路に当たり、今世紀はハリケーンが強大化すると予想されていて、その通りになりました。

　ニューオルリンズの北の州境にあるポンチャートレイン湖が三つ目の理由です。この湖は深さ四メートル弱で、湖面が海抜すれすれの高さなので、嵐で近くのメキシコ湾から高潮が押し寄せたら危険なのです。昔は湖水が市内に流れ込まないように堤防で防ぎました。しかし、ポンチャートレイン湖は今にも災害が起きそうでした。

二〇〇五年に恐れていたハリケーンが上陸したとき、カテゴリー3でも巨大でした。ハリケーン・カトリーナはニューオルリンズに甚大な被害を及ぼし、下院議長などはニューオルリンズを見捨てるしかないと発言しました。しかし、それは選択肢ではありませんでした。歴史ある都市に見切りをつけるのはアメリカ精神とは言えませんでした。両院議長と上院議員は、前以上に素晴らしいニューオルリンズの再建を約束するしかありませんでした。

二〇一五年までに米国陸軍工兵隊が約百五十億ドル（約一兆六千億円）を費やして堤防を修復し、ニューオルリンズを防御する新施設を建設しました。すべては「洪水防止」のためですが、航空会社の料理とか特大小エビ《ジャンボ・シュリンプ》のように新しい矛盾語法《オクシモロン》だとの声も上がりました。

ニューオルリンズ都市圏の人口は、カトリーナ来襲直後は減ったのですが、復興施設建設もあってほぼ元どおりに回復しました。保存してある当時の新聞記事はニューオルリンズの有名歌手の一人アーマ・トーマスを引用して住民の頑固さを紹介しています。「ニューオルリンズへ引っ越すときは、海抜以下を承知の上で行くことだ。金魚鉢みたいで、何が起こるか分からない。だから、自分はここに住みたいと心に決めて行くことだ」。

デルタに関する地質学と水文学（訳註　地球上の水の生成・循環、生産、分布などの研究）の現状は変わっていませんでした――人間的尺度はなく、地質年代区分のみが変化しています。ミシシッピ川のデルタは、以前はビッグマディ川を流れてきていた泥が上流のダムに半分以上遮られて減少と沈澱が続きました。高い堤防で泥がデルタに広範囲に補給されず、沈澱物は大陸棚の縁に運ばれて湾内に落ち、ニューオルリンズのためになりませんでした。ルイジアナ州南部の湿地は二十四分毎に一エーカー（約〇・四ヘクタール）が失われました。

二十世紀中にニューオルリンズは一メートル沈下し、今世紀中も沈下は続いています。地盤沈下と海面上昇——致命的な組み合わせです。話を今世紀初めに戻すと、ルイジアナ州立大学の科学者は、二〇九〇年までにガルフ・コーストは北進してニューオルリンズの中央部を越えると予測しました。その後、ニューオルリンズはルイジアナ州ではなくメキシコ湾の一部になるというのです。換言すれば、継続的脅威は、現実主義者によっては不可避と見ましたが、海面上昇とデルタの沈下に加えてハリケーンの来襲が必至なことで、ニューオルリンズにとどめの一撃を加えることになりました。周囲を見渡せば、予測が正しかったことが分かります。

二〇四八年九月半ばに猛烈な嵐が襲いました。数十年前の湾内の海水が今より冷たいときだったら、カテゴリー4ではなくカテゴリー2だったでしょうが、海が暖かかったので勢力が強まりました。海面は今より低く、湿地や防波島も市を守る役目を果たしたのでしょう。

ハリケーン「二〇四八—九」はカテゴリー2で、一九一五年にニューオルリンズを襲ったカテゴリー4の嵐の跡をなぞってハリケーン通にはおなじみの進み方をしていました。その嵐と同様に「二〇四八—九」は始めプエルトリコ付近にありました。西へ進むにつれて、メキシコ湾を進むハリケーンのほとんどがそうであるように、北へ向かい始めました。キューバ西部とユカタン半島の間を通過してまもなく、メキシコ湾の暖かい海水で勢力が強まり、カテゴリー4になりました。気象予報士は五割の確率でニューオルリンズを直撃すると予想しました。嵐はアチャファラヤ湾の真東に上陸して北東へ進み、市の中心から西へ二十四キロの地点をハリケーンの目が通過しました。毎時二百五十キロ（毎秒五十八〜六十九メートル）の猛烈な風で、高潮がニューオルリンズ周辺部と内陸へ侵入しました。多くの強化した堤防では防ぎきれず、多くの地区が洪水にあいました。ポンチャートレイン湖は西端が溢れて南の市の中心街へ水が流れ出し、ニューオルリンズは数十センチ浸水しました。

ニューオルリンズの浸水は世界中に心理的効果を与えました。甚大な洪水被害を受けた港湾都市は再び同規模以上の大型ハリケーンに襲われるので、見捨てられる運命にあることがはっきりしました。海面が高くなったとき、沿岸都市再建のための「資金」と「信頼」——この二語を強調したい——は減少しました。ニューオルリンズが生き残れなかったら、沿岸のどこでも生活できません。相変わらずビッグイージーの重要性は高まりました。そんなこと他にはないでしょう。

三峡ダム

王偉氏は二〇三二年当時、中国湖北省の巨大な三峡ダムで働いていた元技術者であり、武装勢力がダムを破壊して人類史上最大の洪水が起きた。私は重慶市に住む娘さんの家に彼を訪問した。

王さん、三峡ダムの歴史とウイグル族についてお聞かせください。

私は二〇〇二五年に南カリフォルニア大学で修士号を取得後、ダムで働き始めました。三峡ダムは二〇〇六年に完成し、当時は中国最大の建築工事でした。ダムの長さは二千三百三十五メートルあり、満水時の水量は一万兆ガロン（三千二百万エーカー・フィート）です。三峡ダムは建造物としては最大で、中国の国家的威信の源でした。そこで働くことは中国人技術者の夢でした。

建設の時点で、政府はダムの建設費を二百五十億ドル（約二・六兆円）とし、二百万人の移住を求めましたが、内部関係者はそれが事実ではないことを知っていました。実際の費用は約一千億ドル、移住したのは二千万人だったはずです。卑怯なウイグル族のためにすべてが無駄になりました。

巨大すぎるものはどうしても環境に影響が出ます。ですから、ダムの上方の急斜面で夥しい地滑りが起きても、私たち技術者には驚きではありませんでした。巨大な貯水量のために地盤が不安定になり、崩壊したのだと考えました。地震による大規模な地滑りでダムに泥が流れ込み、水が溢れ出て崩壊することを恐れました。授業でグレンキャニオンダムについて勉強しましたが、余水路が機能せずにダムが崩壊したら、下流の何もかもが流されます。実際にグランドキャニオンへダム見学に行った中国人学生もいて、私の米国生活で最大の出来事でした。

ウイグル族の故郷の新彊ウイグル自治区は、世界でも最も辺境の地です。首都ウルムチは世界のどの大都市よりも内陸にあります。ここは乾燥の厳しい土地の一つでもあります。タリム川がなければ土地の大部分は乾燥のため住めません。しかも、山岳地の雪と氷河がなければタリム川は存在しません。砂漠の川は雨だけでは川になりません。タリム盆地を囲むクンルン山脈と天山山脈の氷河が溶けて、その水のほとんどが川に流れ込みます。今世紀初めの十年間だけでもタリム川とその九つの支流にはすでに渇水が見え始め、二〇一〇年には流れているのは三本だけで、そのうちの二本は年内に完全に涸渇するものでした。砂漠の民であるウイグル族は、地下水を利用し始めましたが、一時的なものに過ぎませんでした。降雨量よりも多くの水を使いますから、地下水面は下がり、汲み上げ用のポンプは大型化、高額化していきます。ですから、ウイグル族の観点からは、地球温暖化は川を涸渇させると同時に、それを補う地下水に手が届かなくなってしまいます。

つぎにウイグル族にとってさらに悪いことに、言いにくいことですが、中国当局は彼らに認めていた地下水量を削減し始めたのです。あなたがウイグル人農家か商人だったら、得られる水は中国人の隣人よりも少なかったのです。この不公正がウイグル族反乱分子の残虐化の一因になりました。

二〇三〇年代になると、中国当局のウイグル人テロ活動への懸念が増大しました。中国は温室効果ガス排出量を下げさせようとする国際的圧力を口先だけで回避して無視し、毎週新しい石炭火力発電所を開設していました。それで、すでにひどかった大気汚染は一層悪化しました。北京では今世紀初め、高層ビルの上層部が見えず、さらに一ブロック先が見えなくなり、とうとう自分の足元まで見えなくなりました。呼吸器疾患の死亡率が急上昇して人々は外出を恐れました。石炭の煤煙に加えて、北京の西の砂漠から風で運ばれる黄砂で大気汚染は加速しました。一部は太平洋を越えてロッキー山脈へも達し、熱を吸収して雪解けを速めました。それに中国人はどこよりも喫煙率が高く、死亡率は、まるで自分を毒する五カ年計画があったかのように、急上昇しました。

話が逸れてしまいました。年はとりたくないものです。何を言いたいかというと、時の経過とともに中国政府はウイグル族に時間とお金を使う余裕がなくなっていくということです。新疆ウイグル自治区は北京から遠く、水がなくなり、そもそも住むのに適した土地ではなかったのです。地球温暖化はウイグル族より遥かに大きな脅威となったと、私たちはそう考えました。

温暖化で今世紀初めにヒマラヤの氷河が急速に溶け出し、揚子江などの河川が増水した話をしましたね。二〇三二年の雨期の終わりに三峡ダムは氷河の水で溢れそうになりました。ウイグル族などのグループ――台湾人とか――がダムを破壊するのを恐れて警備が強化されました。でも、ウイグル族は抜け目がないので、そんな直接攻撃はしません。

私たちは、ダムの真上の崖の警備は必要ないと考えました。地滑りが次はいつ、どこで起きるかを予測している技術者と地質学者以外には誰も関心を持たない――と私たちはそう考えました。三峡の崖に新参者が現れたことに誰も気がつかなかったのです。

ウイグル族は何をしていたのか。二〇三二年九月のある晩、判明しました。反乱分子はダムの上の最も不安定な崖の要所に大量のダイナマイトを仕掛けました。一度にダイナマイトを全部爆発させ、爆発音でダムから数キロ離れた三斗坪《さんとへい》の宿泊施設にいた私たち技術者は目を覚ましました。最初に思い浮かべたのは誰かが本当にダムを吹き飛ばしたということでしたが、電話が通じてその怖れはなくなりました。

ダイナマイトの爆発で夥しい地滑りが発生し、以前から不安定だった多くの個所の崖も崩れました。数百万トンもの岩や泥が、溢れんばかりのダムに落下しました。百メートルもの高波がダムを伝播し、巨人のバスタブの中でお湯がうねるようでした。

三峡ダムは世界最大の水力発電ダムであり、世界で三番目に長い川にあると申しましたね。建設には実験的な技術が数多く使われており、世界最大の水面下放水路もその一つです。技術者はすべての実験的技術を事前にテストできませんでした——実体験をテスト代わりにせざるを得ませんでした。放水量を最小限にしたら、放水路はどのくらい持ち堪えるか誰にも分かりませんでした。攻撃で水の波がダムに到達する前でも、その夏は水位が高かったために、水門は最大限開かれていました。やがて放水路は轟音とともに振動し始め、操作技師は放水路が裂けて崩壊するのではないかと思い、放水路を絞って放出量を減らしました。ウイグル族はその瞬間を待っていました。放水路が絞られて満水の時を狙っていたのです。

爆発の波がダムに届いたとき、放水路の水量は限度に達し、水がたまって水嵩が増し始めました。放水路は水が溢れないようにするためですから、ダムの頂上の安全を守る技術は何ら施されていませんでした。ダムから溢れ出た水は発電所を破壊し、コンクリート製のダムの表面の脆い部分に穴が開き始めました。この様子を全世界がテレビで見ていました。中国人には恐怖の瞬間であり、一国の自然災害史上、最悪の瞬間になりました。

私たち技術者はダムのコンクリートの質をつねに心配していました。中国の建設業者はしばしば仕様書以下の材料を使用するからです。脆い場所が割れて、亀裂が深く広がり、水が流れ込んでさらに浸食が起こりました——この連鎖は数分間の出来事でした。亀裂はダムの表面の底まで到達し、二十五階建てビルの高さがある三峡ダムは崩壊して揚子江に崩れ落ちました。ダムの十兆ガロンの水が裂け目から下流へ流れ落ちて行きました。

巨大な水の壁が揚子江へ押し寄せて、すべてを一掃しました。波が下流のダムを次々と破壊してさらに巨大になりました。平野に出ると水は広がりましたが、下流の峡谷で再び高さを増しました。波は武漢、南京、そして上海の内陸部の多くを破壊しました。死者は推定一億人でしたが、インフラ被害と国民の士気の喪失は計り知れません。

人命と建物の甚大な損失に加えて、三峡ダムの崩落も不運な結末でした。ダムの水力発電がなくなって中国は電力を石炭に頼らざるを得なくなり、大気汚染と健康問題の深刻化を招きました。ウイグル族に対する迫害も強化されました。数万人のウイグル人——男、女、子供——が駆り集められ、死の収容所《デスキャンプ》へ送られ、餓死、または処刑されました。二〇四〇年には中国にウイグル人生存者は一人もいなくなりました。

第三部

海面上昇

地中海の真珠

アンワル・シンディ博士はアレクサンドリア出身の元エジプト考古学大臣である。私はアスワンにある博士の自宅を訪問した。

シンディ家はアレクサンドリアでどのくらいになりますか。

私たちは十二世紀以来ここで暮らして来ました。商人でしたが、前世紀に大学教育を受ける者たちが出て、学問の世界に入りました。紀元前三三一年、アレキサンダー大王は都を創建して自分の名前を付けました。古代、アレクサンドリアはギリシャ文明とエジプト文明を繋ぎました。クレオパトラはアレクサンドリアで生まれました。最盛期にはローマに次ぐ強大な都であり、数々の優れた建築物があります。最も偉大で世に知られているのは古代の世界七不思議の一つであり、ヘーリオス像があるファロス島のアレクサンドリアの大灯台です。これは有名なピラミッドに次いで、数百年間、世界で最も高い建造物でした。しかし、高い建造物は天敵を招き、十四世紀に二回の大地震で灯台は崩壊しました。アレクサンドリアには古代の世界最大の図書館もありましたが、火事で焼失しました。

ギリシャ人とローマ人、ペルシャ人、フランス人、ブリトン人、アラブ人がアレクサンドリアを侵攻しましたが、つねに敗退させました。私たちは自然災害と侵略者を経験しました。今や侵略者は海であり、私たちは存続できなくなりました。

二〇〇〇年にはアレクサンドリアはエジプト第二の大都市であり、国内の工業生産のほぼ半数の拠点でした。住民は約四百万人ですが、夏にはさらに百万人もが海辺や暖かい地中海の海に遊びに訪れます。しかし、沿岸都市の多くが学んだとおり、この街は海が古代の場所に留まっていてくれないと安全ではありません。

貴国のニューオルリンズのようなデルタ都市と同様、アレクサンドリアの一部は海抜ゼロ以下で堤防と防潮堤が守っています。アスワンダムがナイル川上流から運ばれて来る泥の九〇パーセントを堰き止めるので、デルタに泥が不足して陥没することもニューオルリンズと同じです。陸地が沈み、海面が上昇するにつれて、海水と巨大嵐の波は益々内陸へ達するようになるという話は今や世界中どこでも聞かれます。

今世紀初め、エジプトは地球温暖化に最も脆弱な国の一つとされました。アレクサンドリアへの影響は一メートルの等高線を示す地形図を見ただけで分かります。我が国の科学者が、地中海の海面は今世紀末には約一メートル上昇すると言いましたが、二年前にそれを越えました。海水は今やアレクサンドリアの海側の三分の一を覆ってしまいました。約二百万人の住民はほとんどカイロへ避難しましたが、カイロはすでに人が住めないほど人口過剰になっていました。私は、我が国の古代遺跡の根源に近いアスワンにしました。

あなたの歴史解釈から二一〇〇年までに海面が一メートル上昇すると聞かされたとき、アレクサンドリアの住民はどう反応しましたか。

まず、地球温暖化を否定しました。貴国でもそうでしたが、多くの一般人や扇動政治家は嘘だと言いました。いずれにせよ、エジプト人はそれを防ぐためにどうすればいいのでしょうか。エジプトのCO_2排出量は全排出量のせいぜい〇・五パーセント以上にすぎませんでした。ですから、我が国から完全に締め出しても、世界的尺度では差異はまったくありませんでした。当時、中国の十日分の排出量はエジプトの一年分に当たると計算した人がいました。

二酸化炭素と気温、海面のすべてが上昇し、地球温暖化が事実であり、また、地中海の海面上昇でアレクサンドリアが沈みつつあることを示した時、エジプト人は怒り、その矛先はとくに米国と中国、インドなどの真の汚染大国に向けられました。ばかばかしいとは言え、過激な聖職者は、地球温暖化は大悪魔、つまり米国が、イスラム教徒とアラブ諸国に対して故意にホロコーストを行ったのだと説教しました。温暖化はアメリカのイラクやアフガン、シリア、イランでの戦争以上にイスラムのテロリスト集団の人集めの手段になりました。もちろん、今世紀には海外旅行がしにくくなり、テロリストはかつてのように諸国間を移動できなくなりました。そこで、テロリストの多くは怒りと狂信を国内へ、つまり、自国の指導者へ向けたのです。サウディのような、無慈悲な独裁国家には、原因が何であれ当然の報いでした。

エジプト人が、地球温暖化が進行中であり、古代の征服者にも不可能だったことが起きつつあって、自分たちは防御できず、誰のせいかは重要でないことを理解したとき、国家的うつ状態が現れ始めました――国家的な敗北主義の拡大で、識者も逃れられませんでした。社会の健全性を示す指標はすべて悪化しました――自殺や離婚、中毒、殺人などの犯罪です。破産率が上昇し、平均寿命は低下しました。エジプト国内にひどい末期的な希望喪失感が蔓延しました。国民の精神を喪失させたものは、現状がさらにひどくなると考えたことでした。海面上昇は二一〇〇年中には止まらない――科学者もスーパーコンピュータもいつかを予測できませんでした。ニューオルリンズは大部分が水没しました。アレクサンドリアに同じことが起きたらどうすればいいのでしょうか。

もちろん、どこの誰でも同じ感情を経験せざるを得ませんでした。かなり前に貴国の心理学者が悲しみの五段階について書きました。否認、怒り、取引、抑うつ、受容だったと思います。私たちの現状は最後の二つです。これからやって来るものを受容することは、正常な人間の状態を低下させることだからです。

アレクサンドリアとエジプトは、大多数の都市や国家より長く存続してきました。しかし、ついに私たちを打ち負かす敵に遭遇しました。大気中の目に見えない分子はカエサルにもできなかったことをしようとしています。

砂上の家　その一

今日は、二〇六〇年に歳入破綻で閉講したサウスカロライナ大学沿岸地理学の元教授、テッド・ブラック博士を訪問する。長いので二つに分けた。

ブラック博士、あなたのご一家はサウスカロライナ州、そしてマートルビーチに長くおられると聞いています。ご家族はじめ多くの人々が大西洋沿岸に居住するようになった理由をお聞かせください。

随分昔になります。辛い経験でしたが、まずそのことをお話ししましょう。マートルビーチは今世紀後半の特徴である沿岸地帯からの逃避の研究事例であり——または、象徴とでも言いましょうか——文字通り世界の地図を変えています。

古代から人々は海辺に居を構えるのが理想でした。昔は現実的な理由がありました。魚をとりやすく、温暖であり、ヴァイキングが船で遠隔地と往復するようになってからは遠洋航海の船が出る場所でもありました。今世紀初めには地球の全人口の半数近くが海岸から百キロ以内で生活していました。海面上昇の影響を受けやすい土地です。

前世紀までは、沿岸への居住を選んだ人々は、過去はもう未来への教訓にならないとは考えませんでした。海面は上昇と下降を繰り返しつつ、長い目で見れば、長期的な平均に落ち着くものと思っていました。とは言え、たとえ海面が上昇し続けると知っていたとしても、何か違いがあったかどうかを考える必要があります。結局、人々は、利便性から、つねに氾濫原に家屋を建ててきたのです。洪水は自分の生存中は起こらないか、起こったとしても、生き残れると考えたのです。

五世代前の一九五八年、私たち一家はマートルビーチのガーデンシティ区の海に近い家を買いました。家族の話では、三万五千ドルで、当時としては高い買物でした。一家はふざけてブラックハウスと呼び、私が大学進学で、また、妹が国立公園局に就職して家を出た後も変わらずそこにありました。父はご近所が立ち去った後も、売却時期をかなり過ぎても、相変わらず住み続けていました。

二〇二五年には、我が家は四十万ドルもの高値が付きました。そこから下落し始めたのですが、父は売ろうとしませんでした。父の死後、私と妹は、値段はいくらでも買い手が見つからず、家から遠ざかって行きました。最後に車から家を振り返ったとき父の死を思い出し、とても寂しくなりました。もちろん、近隣の家々も全員が立ち去りました。

ご一家のお話を伺うと、沿岸地理学を専攻されたのは偶然ではなかったようですね。二十世紀・二十一世紀を通じて海面上昇の程度と沿岸地帯での生活への影響についてお聞かせ下さい。

分かりました。過去の辛い思い出がありますが、それを離れてお話しましょう。

人間がつくり出した地球温暖化の証拠は毎年増えていますが、懐疑論者は思いつくかぎり証拠の誤りを指摘しようとしました。気温上昇は太陽が原因であるとか、科学者がデータを誤魔化したなどです。彼らの言い分は、気候はつねに変動しているなどでたらめですし、科学者は認めていません。しかし、お気に入りの浜辺が半分に狭まり、毎年高潮が内陸深く達するようになれば、もはや否定できません。地元議員の中にも海岸の土地所有者がおり、身から出た錆です。

大局的に見れば、最終氷河期の氷は約二万年前に溶け出し、その結果、海面はおよそ百二十メートル上昇しました。それを考えると極地の氷冠と氷河が溶け始めたことは大変な危機だと言えますが、もちろん、指導者たちは気づくどころか、いくら視野の狭さを指摘しても、注意を向けようとはしないでしょう。

約六千年前に解氷はほぼ終わり、氷河期後の海面は安定していました。それは一八〇〇年頃まで続き、産業革命で二酸化炭素が大気中に排出されると世界の気温が上昇し始めました。再び海面上昇が始まって今も続いています。いつまで続くか分かりません。

一九九〇年代まで科学者は海面を潮位計で測定しましたが、後に衛星を利用してさらに広範囲かつ正確になりました。衛星データによれば、海面上昇は不規則ながら容赦ない様相を呈しています。二〇二〇年までは毎年約三十ミリ上昇し、衛星測定が正確なおかげで加速していることが分かりました。毎年加速しています。加速の程度から二一〇〇年には二〇〇五年の位置より約六十センチ高くなると予測されました。

私はこれで思い出したことがあって、声を大にしたいと思います。今世紀初め、地球温暖化の影響の将来予測は二一〇〇年が目標値でした。これは理にかなっていました――目標時期が不可欠であり、二一〇〇年は当然と言えました。しかし、そのことが人々に誤った印象を与えました。二一〇〇年までにはこれだけ上昇すると科学者が述べると、それ以上は上昇しないだろうし、以後も上昇し続けるとは考えませんでした。ほとんどの人は、辛い時期はやがて終わり、平常が戻ってくると考えがちでした。二つの世界大戦後と大恐慌の後もそうでした。目標時期の選択はジレンマであり、もし科学者が二二〇〇年を選んでいたら、目標が遠すぎて心配する必要がなくなります。これが地球温暖化の悩ましさの一つです。

二〇二〇年代には、サウスカロライナの誰もが明らかにリスクとの共存を知りました。一九五四年十月、先祖がここに家を買う少し前、ハリケーン・ヘーゼルが風速毎時百六十キロ（毎秒四十三〜四十九メートル）でマートルビーチを直撃しました。満潮と重なり五・五メートルの高潮で町の多くの地域が浸水しました。

その後の三十五年間にマートルビーチにはカテゴリー1のハリケーンが二、三回来襲しました。最初は勢力が強いのですが、陸地に接近するにつれて衰えました。それから一九八九年九月に、カテゴリー4のヒューゴが来襲しました。サウスカロライナで今世紀最悪のハリケーンでした。ヒューゴは海上を進み、上陸近くに加速し、マートルビーチから百五十キロのチャールストンの北東にあるパームス島に上陸しました。

家屋などへの被害は甚大でしたが、その後転居者はほとんどいませんでした。ハリケーンは避けがたい人生の現実であり、全米洪水保険制度のおかげで家々の再建ができました。連邦政府の資金のおかげで四回も家を建て替えた古顔の隣人のことを父が話していたのを覚えています。この制度は、住むべきだった場所ではなく、住みたかった場所へ住むために補助金を支給していました。二〇二〇年代に制度は破綻し、議会は制度を廃止。その二、三十年前に取り止めるべきでした。

二〇二〇年代から現在へ話を移しましょう。

そう、それが肝腎です。恥ずかしい話、私には隣人たちにはない科学的知識がありながら、我が家は早期に行動を起こしませんでした。とにかく父はよそへ行きたがりませんでした――無理にも連れ出すべきだったし、残念ながら、それしかありませんでした。父が我が家に降りかかった災難を見ずに他界したことは幸いでした。癌で死ななかったら、その時死んでいたかもしれません。

まず申し上げたいのは、カロライナ海岸の海面上昇については、住民に何度も警告が出されていたことです。二〇一八年に昔の「憂慮する科学者同盟（Union of Concerned Scientists）」は「水面下――海面上昇、恒常的な洪水、そして米国沿岸地帯の不動産への影響」という研究を発表しました。今回のお話の前にそれを引っ張り出して読んでみたところ、町中で読まれていた『サンニュース』に掲載された研究に関する記事を見つけました。私の年代の人間が孫たちに知らなかったとは言えません。私たちは知っていましたし、彼らもそのことを知っています。

記事には「二〇四五年にはサウスカロライナ沿岸と低地の三千軒以上の家屋を恒常的な洪水が襲うだろう」との報告書の引用がありました。これは損失資産価値が約十四億ドル（約千五百億円）、固定資産税は千百万ドル（約十二億円）以上になります。しかし、二一〇〇年までにこれらの数字は、家屋一万九千軒以上で、六十九億ドル（約七千四百億円）に拡大すると見積もられました。これらの予測、そして、地球温暖化に関連するあらゆる予測が低すぎたことはご承知のとおりです。

そういう予測と海面上昇への関心の高まりが不動産価格と売却にどんな影響を与えたかが問題になりました。当時の結論はまちまちで、洪水リスクで家屋の価値はすでに下がり始めていたとするものや、影響はなかったとするものもありました。私が読んだ中で現状を最も的確に説明していたのは「悲観論者は楽観論者へ売り始めた」であり、これから始まる沿岸地帯からの総撤退の早期警戒信号でした。

しかし、もし私が一瞬、自分の専門を離れて、最初の三十年間の全体像を見れば、人々は悪い情報を受け入れることができず、それに対してなら何でもすることが分かります――たとえ孫の未来が危険だと科学者から告げられても。私たち人間は未来があることを知っていて、それに基づいて行動できる唯一の種ですが、たいていそうはなりません。懐疑論者は否定し続け、国民は彼らに投票し続けていました。道路の浸水が始まっていたのに。

ブラック博士、ここで休憩し、明朝再開しましょう。

砂上の家　その二

ブラック一家の住宅と沿岸地域の運命について話を続けましょう。

住宅購入はふつう家族にとっては最大で、最も資産価値の高い買い物です。購入には本人ばかりか金融機関と保険会社にとっても楽観が必要です。これに関連して、経済学者ジョン・メイナード・ケインズの株式市場についての話を思い出します。ケインズは、新聞が百人の女性の写真を掲載し、最も美しい女性六人を読者に選んでもらう美人コンテストに譬えました。（もちろんこれは一九三〇年代の話です）。勝利者は、六票が全読者の平均的な好みに近い候補者になるでしょう。最善策は最も美人だと思う顔を選ぶのではなく、他の読者が選びそうな顔を見つけることであるとケインズは指摘しました。同じように、特定の住宅市場がどうなるかを知るためには、自分の考えに拘泥せず、他人の意見を考慮すべきなのです。大勢が海面上昇を予想しているなら、あるいは、そうなった場合の損失を回避したい気持ちがあるだけでも、沿岸の土地は買わないでしょうし、値下げを求めるでしょう。

一時、経済学者は「私たちは今は全員がケインズ派です」と言いましたが、それは、ほぼ全員がケインズの経済理論に賛成だということです。二〇四〇年代には、誰もが海岸地帯の不動産に悲観的で、売り手が多く、買い手が少なかったのです。

マートルビーチの不動産市場の変化の予兆は多少ありました。二〇二〇年代にはGPSを用いた地図はかなり正確で、買い手と保険会社、金融機関は洪水被害を受けやすい私有地を把握しました。誰でもインターネットで、いわゆる百年の洪水の高さ関連で建てられた家屋かどうかを調べられます。洪水リスクは、先見の明のある買い手には公表することになっていました。当時の国の調査で、海岸沿いの不動産は海抜が高いほど販売価格が高いことが分かりました。

不動産市場のもう一つの早期変化は、別荘と投資家所有の同物件の販売が増え始めたことでした——売り手は悲観論者、または現実主義者と呼ぶべきです。これはいわゆる情報通の投資家《スマートマネー》というもので、そうでないとしても、少なくとも所与の海岸沿いの不動産に愛着はありませんでした。マートルビーチでこの現象が起き始め、新聞記事で誰もが気づきました。態度は楽観から中立へ、その後悲観へと変化し始めました。私の父は最高学府の教育を受けた人間ではないし、億万長者でもないことは明らかです。父は「ブラックハウス」に抜きがたい家族の絆を感じ、私がいくら事実を聞かせても売却は考えませんでした。

二〇二〇年代には、ハリケーンの上陸数は増えませんでしたが、その脅威は徐々に増大していました。マートルビーチでは終末段階のカテゴリー1であった嵐は勢力を強めましたが、陸地を進行中に勢力を弱め、ようやくカテゴリー1・5かカテゴリー2になっただけのようでした。その結果、高潮が内陸まで浸水し、水没した道路と狭くなった浜に一種の第二波攻撃を加えました。

その後、二〇三〇年にマートルビーチの地方紙は一九九〇年に遡って（a）売家件数、（b）売却件数、（c）平均売却価格の表を掲載しました。（a）は急増していますが、（b）と（c）はどちらも下がりました。この告知は見逃せませんでした。いま売らなければ、売れなくなるかもしれません。

記事が出た翌日、不動産屋の前には長い行列ができ、倒産前に現金を引き出そうと銀行の外に長蛇の列ができた大恐慌のときのぼやけた白黒写真のような光景でした。ルーズベルト大統領は銀行休日を発表して切り抜けましたが、海に休日はありません。

その記事はマートルビーチの終わりの始まりでした。しかし、記事が掲載されたとき、多くの家がまだ実際に被害を被っていなかったのは驚きでした。そうではなく、保険会社と金融機関が信用を失っていて同じような効果がありました。連邦洪水保険制度は数年前に廃止されており、民間保険会社は、予測される二十五年の洪水ラインでは不動産に保険を適用しないでしょう。保険なしに金融機関は住宅ローン貸付を行いません。数年前に新築は中止されており、既存家屋の販売も新聞記事にあったとおり減少中でした。抵当を上回る価値のある家屋は一軒も残っておらず、「浸水」の語に新しい意味ができました。ですから、逃げ出すのに、現実の高潮の被害を待つ必要はなくなりました。

私は家屋について述べましたが、海面上昇を逃れられるものはありませんでした。道路、橋、発電所、空港、港、公共施設、事務所ビル、その他何でも浸水は場所を選びませんでした。悪いことに、住宅と商業建物の価値が下がると、洪水被害の修復などに充てる市の税収が減るという変なはね返りがありました。その結果がマートルビーチと大西洋沿岸地帯全域が一九三〇年代に被った以上の深刻な不景気になりました。そう申し上げるのは、人心は大恐慌の時と同様に惨めでしたが、あの頃は少なくとも希望の光が一、二あったからです。フーヴァー大統領からルーズベルト大統領へ代わり、誰もが恩恵を被ったというわけではありませんが、ニューディール政策は効果が出ていました。一九三〇年代のフォーク歌手が「もっと良い世界がやって来る」とうたったように、悪い時代が好転するまで頑張るのみだと思いました。そして第二次世界大戦が起こり、大恐慌が終わりました。

当時、サウスカロライナでも、どこでも、もっと良い世界が来るとうたっていました。現実はそうではなかったし、みなそれは分かっていました。親が子に自分たち以上の生活を望めなくなったのは現代史上初めてです。この辛い現実が人間の心理に及ぼす影響について、みなで議論してみてはどうでしょう。二十一世紀末の人生の重大な現実の一つです。

二〇五〇年頃には、私たちは父とは違い「ブラックハウス」を売りに出すのが遅すぎたことを知りました。不動産市場は崩壊し、マートルビーチから出られる人はみな立ち去っている最中でした。頑固さや貧困、あるいは、高齢で、虚弱で、転居を手伝う人がいないなどの理由で縛られていなかったからです。

二〇五八年に父が逝去したとき、初代のブラックが我が家を購入して百年目でしたが、私と妹はここを去って二度と戻りませんでした。最後の親不孝といいますか、「オーシャンウッズ共同墓地」は高潮のために使用不可とされたため、父を我が家の墓に埋葬できず、住み慣れた場所から遠い内陸の高台へ埋めざるを得ませんでした。

マートルビーチなどの大西洋沿岸地域の厳しい運命についてお話いただきました。専門家の立場から、世界各地の同様の場所で起きたことを誰よりもご存知でしょう。他国の運命についてはどうでしたか。

沿岸地帯からの脱出が徐々に進んだことは、私をはじめ地理学者は気づいていました。最初に売却したのは、グレートスモーキーズ（訳註　ノースカロライナとテネシーの間のアパラチア山脈の一部）のてっぺんに山小屋買っていたのではありませんでした。今度は、数キロ奥まった高台に海の家をもう一軒買いました。家と高潮線の間には十分高い断崖がありました。しかし、海面上昇が続いたので、その二つ目も危険になり、家主は売却せざるを得なくなって再び転居しました。二度の引越しの挙句の完全撤退でした。

これが世界中で起き、数億人が内陸へ移動して人類史上最大の人口移動が始まりました。これはまだ続き、いつまで続くか誰にも分かりません――海面はいつまで上昇するのでしょう。いつ終わるのか誰にも分かりません。人類はこれまで地球規模の大移動を経験したことがないからです。

私たち地理学者は最初に気候難民という切迫した災害に注意を促しました。今世紀初め「海面上昇学」という学問の新分野が登場しました。私はかなり徹底的にその情報を収集したので、詳しく知っています。海面上昇に関する研究は、これまでは沿岸地域社会――私の地元のマートルビーチなど――だけに影響する沿岸問題だったので、私たち科学者はこれに注目することから始めなければと思いました。しかし、海面上昇で移動した数百万人に行き場が必要なことは明らかでした。ハリケーン・カトリーナ後にニューオルリンズから移動した避難民の早期の前例があり、その時避難民は全国に散らばりましたが、中でもテキサス州に行き着きました。

模範になる早期の大規模移動としては黄塵地帯（訳註　アメリカ中西部の砂嵐が発生する地帯）があり、推定二百五十万人が乾燥した大平原諸州を離れ、ほとんどがカリフォルニアを目指しました。これは、住民が去った土地にも、入った土地にも甚大な影響がありました。もう一例は、大移動で六百万人のアフリカ系住民が南部の農業地帯を離れて北部工業地帯へ向かいました。これが原因でアフリカ系住民の比率は約四十年間で九〇パーセント以上から約五〇パーセントに低下しました。

しかし、この二例は基本的に国内の一ヵ所から別の場所への住民の移動でした。ある学者は何と言ったか……こうです。気候変動で人々は「米国内のあらゆる沿岸地域から、国内の他のあらゆる場所へ」移動するでしょう。この学者は不吉な影響も予想しました。ニューオルリンズの一部の住民が動こうとしなかったのと同様に、多数のアフリカ系住民が南部に留まったように、沿岸地帯の多くの住民は何が起ころうとも動こうとしないでしょう。私の父が良い例です。他の人たちは離れたかったのですが、財産も、行く当てもなく、支援者もいませんでした。そこを動けずに、社会にとって大きな負担になりました。

二〇二〇年代に、海面上昇で何人が移動するかについて人口統計学者が予想したところ、以前の大移動をモデルにして、アメリカの対象人口約一億三千二百万人のうちの約八百五十万人、つまり、六パーセント強としました。世界の総人口は二〇五〇年には百億人に近づくと予測されました――もちろん、予測は地球温暖化の致命的影響を見落としましたが、当時は研究対象でした。既述のとおり、世界の人口の約五〇パーセントは沿岸から百キロ以内に住み、五十億人前後に達します。一九三〇年代のアメリカと同じ六パーセントが気候難民になるとすれば、海面上昇だけで世界中で約二億三千万人になるでしょう。

オクラホマなどの州の困窮者や南部のアフリカ系住民の多くには、移住する理由が確かにあったのに、誰もしなかったことには注意が必要です。彼らは生活向上のために移住を選んだだけで、生命の維持のためではなかったので、六パーセントという気候難民の数字が大きく低下しても驚くことではありません。

移動を余儀なくされるのは海面上昇だけでなく、猛暑や旱魃、飢饉、疫病、砂漠化、水質悪化などがあります。今のところ、今世紀中に何人が移動を余儀なくされるか、選ぶかは分かりませんが、世界で数十億人になります。

現代の学者は二つの理由で、移住者数はピークに達した後、下降へ転じると考えています。第一に、移動可能な者は今までに終えていることです。第二に、安全に移動できる場所が減っていることです。歓迎してくれる社会が見つかりません。銃を突きつけられる可能性が高いのです。

ツバル

タバウ・トアファァ氏は、海に沈んだ島国ツバルで生まれ、生存する最後の一人である。ウエリントンのニュージーランド国立博物館「テ・パパ・トンガレワ」のご厚意でトアファァ氏を訪問した。同博物館は開館中の数少ない博物館である。

トアファァさん、初めまして。あなたがどうして故郷のツバル島からニュージーランドへ来たかについて話していただけますか。

ご覧になると私は典型的なニュージーランド人やマオリ人ではなく、ポリネシア人だとおっしゃるでしょう。私は当地の人間ではなく、海に沈んでもう地図にはない土地から来ました。今世紀が始まった年に私もツバルという環状サンゴ礁の国に生まれました。博物館にある古い地図帳をご覧になれば、ツバルがどこにあったかが分かります。赤道の真南で日付変更線の真西です。世界がツバルに注目したのは、第二次世界大戦中にマッカーサー元帥がツバルの一島に軍用飛行場をつくったときでした。

一九七八年にツバルは英連邦の一国として独立しました。陸地面積では、ツバルはバチカン、モナコ、ナウルに次いで世界で四番目に小さい国でした。ツバルには九つのサンゴ礁があり、総面積は二十六平方キロで、太平洋上の十三万平方キロの海域に散らばっています。二〇〇〇年に私が生まれたとき、ツバルの総人口は僅か九千四百二十人でした。

数百年間私たちは魚を釣り、ココナツやタロイモ、バナナを育てて暮らしていました。戦後、現金が必要になり、入漁料や世界中の蒐集家に美しい切手を売って現金を手にしました。インターネットが現れると、ツバルは dot tv をドメイン名にし、その使用権を売却してお金にしました。お金は天から降って来るようでした。

しかし、あなたが生まれて間もなく、ツバルはすべてがばらばらになり始めました。

我が国は石油も石炭もほとんど消費しませんでした。博物館の専門家は、ツバルの二酸化炭素排出量は、人口が同程度のニュージーランドの小さな町より少ないと言います。しかし、海面上昇が始まるとともに、ツバルの問題は世界の注目を浴びました。ツバルの最高地点は海抜約四・五メートルで、私が生まれた時は、ほとんどが海抜二メートル以下でした。海面が上昇し続ければ、行き場がなくなることになります。海面は一メートル以上高くなるとの科学者の予測もあって、その通りならばツバルは絶体絶命でした。

私が生まれた時までに、月の引力による高潮と海面上昇が重なって海水が道路や畑、それに近所にまで溢れていたと両親から聞かされていました。毎年海が少しずつ浸食し、水が引くのにだんだん時間がかかるようになりました。長い島の中心部では、サンゴの岩床から海水が吹き出してタロイモの穴に流れ込みました。首都フナフティの空港の滑走路は常時浸水し始め、しかも、それまでは緊急時の最善の脱出路だったのです。

年が経つにつれて、温暖な海水のためにサンゴ礁が死滅し、住民のタンパク源だった魚もいなくなりました。わずかに飲めた真水も塩辛くなってきました。太平洋のサイクロンの勢力は強まり、猛烈なサイクロンが国を一撃しただけでサンゴ礁は住めなくなるでしょう。

私が三十歳のとき、政府はツバルを諦めざるを得ないと発表しました。その時には、他のアジア太平洋諸国はそれぞれ問題を抱えていたので、どこに受け入れてもらえるか分かりませんでした。数カ国が受入れを拒否しました。しかし、ありがたいことにニュージーランドが受け入れてくれました。ニュージーランドは私たちを暖かく歓迎してくれました。実に尊い行為で、ニュージーランド人になったことを誇らしく思います。彼らは私たちが個人として生きて、ツバル文化を継承することを認めてくれました。しかし、悲しいかな、異人種間婚姻が進むにつれて、ツバルの名を知るのは歴史学者のみになる日が来て、いつかは誰も知らなくなるかもしれません。

ツバルだけが水没の運命にある島国ではありませんでした。キリバスとトケラウ諸島、アメリカ領サモア、トンガ、グアムは海面下に沈むか、住民がそれを恐れて島を諦めました。インド洋でも——セーシェルとモルディブ、モーリシャスがそうです。海面は上昇し続けているそうですから、確実に他の島国も後に続くでしょう。

私の祖父はツバル国の最後の首相でした。島を去る最後の住民になると申しておりました。ニュージーランド行きの船のタラップを上がるとき、私にそう言いました。国旗を胸に、堪え切れない悲しみに耐えていました。家族や愛する者との死別の悲しみより強烈でさえあったのです。目の前で個人や家族の一員が死んでいく以上のものがありました。水平線に島が消え、やがて海面下に沈んだとき、二度と戻らず、二度と国旗を掲げられないと思っていました。母国を捨てざるを得なかったことは歴史上ありました。しかし、国が消えてしまうこととは違います。その時は、自分も子供たちも二度と戻れないことがはっきりしているのです。

ロッテルダムの崩壊

モニク・ファン・デル・ポールはオランダの元環境大臣である。マーストリヒトの彼女の執務室で話を聞いた。

オランダ人には「神は世界を創造したが、オランダ人はオランダをつくった」という格言があります。国土の大半が海抜以下なので、都市より先に防壁と堤防、常時排水し続ける干拓地を建設しました。オランダ人は芸術と通商、航海でずっと指導的地位にありました。私たちはつねに良き世界市民であろうとしました。温室効果ガスの排出量削減にも努めましたが、効果はありませんでした。問題は排出量大国のアメリカと中国、インドの取組みでした。二〇〇〇年当時、オランダは地球全体の二酸化炭素の〇・五パーセントしか排出していませんでした。それでも排出量を半減しましたが、地球規模ではあなたが言われるように「たいした量」ではありませんでした。

オランダ人は、数百年間、自然と北海に挑んできました。私たちが後退せざるを得なくなったら世界は用心すべきです。そして、私たちは後退しました。二〇五二年に首都を移転しました。私はいまオランダ最古の都市マーストリヒトのオランダ政庁所在地から話をしています。旧首都の歴史上の年代と役割のためではなく、海抜四十九メートルのマーストリヒトはオランダで最も高地の都市であり、最後まで洪水に耐えられるだろうからです。

国名の「ネーデルランド（低地の意）」でさえ、海面が上昇したら私たち低地の住民は窮することを告げていました。オランダの大半は確かに何かより下にあり、何かとは北海のことです。今世紀初めには、国土の三分の二以上は海抜以下であり、国民の三分の二はそこに住んでいました。海との闘いの始めは水車であり、後に電気ポンプと大水門や防壁などの高度な土木工事によってでした。

もちろん危険な賭けを承知の上でしたが、オランダ人の意志と創意工夫で勝てると信じていました。世界の他の地域がオランダに不正を働くことは予見できませんでした。

どこでもそうでしょうが、オランダは気温と河川、潮汐、海抜などは変わらないものと考えて国家を建設しました。そこで百年に一度、五百年に一度の洪水を想定して計画を立てました。「雨の後は太陽が出る」とオランダ人は言います――今日雨が降っても、明日は太陽が輝くでしょう。つまり、悪いことがあっても平常に戻るのです。でも、現在は昔の平常はなくなりました。

海面の上昇につれて、デルタ地帯はどこもそうですが、国土は沈み、それだけで陸地に対して海面が上昇することになります。オランダ史上最大の問題は、ご承知のとおり、洪水対策でした。一九一六年の大洪水でオランダは防護対策に多額の資金を投入しました。その後、一九五三年一月にさらに大きな洪水が起こり、防護柵を貫通してオランダ史上有名になりました。春の大潮と毎時四十八キロ（毎秒十八メートル）の強風によって平均海面より約六メートル高い高潮が堤防に激突しました。堤防の多くが倒壊し、死者約二千人、死んだ動物は約三万体を数えました。七万人が避難を余儀なくされました。童話の一場面のように――最後の堤防が崩れそうになったとき、ある町の町長は堤防の穴に船を漕ぎ入れるよう命令し、巨大な指で穴を塞ぐように漏れを止めて、大洪水から三百万人を救いました。この洪水の脅威により、北海に対する防護強化のための五十年計画に着手することになりました。

二十世紀末、ロッテルダムはヨーロッパで最も活気ある港で、オランダ経済の屋台骨でした。何としてもロッテルダムを死守すべきでした。そこで、デルタ整備計画という一連の新防御対策を開始し、ロッテルダム下流のライン川河口での最大の土木工事「マエスラントの防潮堤」もその一つでした。それは直径十メートルのボールベアリング上に据え付けられた一対の巨大な湾曲した海門でした。エッフェル塔を二つ横にしたようだと評した人がいました。

一九九〇年代には、堤防と防潮堤は、ニューウェ・ワーテルウェフ川という水路を除き、北海からロッテルダムのライン川デルタに浸水するすべての経路を遮断していました。ニューウェ・ワーテルウェフ水路はニューオルリンズのミシシッピ川ガルフ・アウトレット運河と同様に、船を速く埠頭へ出すために掘られた運河です。しかし、ご承知のとおり、高波や高潮はこういう水路を通って速く内陸へ到達します。マエスラント可動堰は海水がニューウェ・ワーテルウェフ川を遡ってロッテルダムへ押し寄せるのを防ぐために敷設されました。二〇〇七年十一月に試験操作が実施され、完璧に作動しました。北海が最悪の状態になっても住民を守れると思いますが、それは二十世紀での考えであって、私たちは人類が一度も経験していなかった二十一世紀の問題に直面しようとしていました。

もちろん、私たちは以前から地球温暖化の現実を受け止め、やれることはやってきました。北海の海面が上昇しているのを知っています。学童には服を着て靴を履いたままで泳げるようになれとまで指示しました。ほかにそんなことをした者がいますか。多大な金額を投じてマエスラントの海門を二十二メートルから二十五メートルへ嵩上げしましたが、海面は上昇し続けました。どうすればよかったのですか。海に白旗を揚げますか。オランダ人は、それはしません。

今世紀半ば、海門は何度もロッテルダムを洪水から守りましたが、海面上昇でオランダの主な収入源だった港湾施設が被害を受けました。海門を再度高くすべく費用を試算中でした。銀行や国際ファンドはその種のプロジェクトに融資しませんから、借入は問題外でした。

二〇五二年一月、一九五三年の巨大嵐から百年目にあと一年という時、海面上昇に加えて、その嵐を凌ぐ巨大嵐で北海に三十メートルの高波が起き、地盤沈下と相俟ってさらに高くなりました。オランダ人が初めて目にしたほどの高波が――大げさに言うと――高さを増した海面を押し寄せ、マエスラント水門などの防御壁に激突しました。南の大防壁ダムとマエスラント水門を閉じ、祈りました。海面が高くなって波は水門を乗り越えました。陸へ向いた右側の水門は基軸がぐらつき振動し始めました。振動はだんだん激しくなり、ついに土台が引き剝がされて水路に落ちました。もう北海を遮るものはなく、高潮は矢のようにニューウェ・ワーテルウェフ川に流れ込んでロッテルダムの中心部へ押し寄せました。数時間後、ロッテルダム全域は五・五メートル水没しました。

マエスラント水門は決壊しないと信じ込んでいた市当局は避難を指示しませんでした。当局が避難命令を出したときには、逃げ場のない高齢者と病人は溺死しました。屋根裏部屋にいた人と刑務所内の囚人数千人は洪水に呑まれ、その他多くの人々が家族やペットを救おうとして命を落としました。

二〇五二年のロッテルダムの大洪水では、数千人の行方不明者が発見されないままなので、溺死者の正確な人数は分かっていません。それでも、嵐とその余波で住民八十万人の三分の一が死んだと推定され、オランダ史上最大の水害となりました。

マエスラント水門の再建と、ロッテルダム港湾設備の修復、崩壊した都市の復元には当時の財政事情を遥かに凌ぐ金額が必要だったはずです。政府の資金調達は可能だったとしても、保険会社、銀行、建設業者、そして、最も重要な国民自体がロッテルダムのような沿岸都市を信頼できなくなっていました。海面上昇は続き、次の嵐はそれ以上強大にならないと誰が言えたでしょう。その次の次も、大きくならないと言えますか。私たちは沿岸から離れた内陸への首都移転を正式に決定した初めての国だったでしょう。二〇五二年一月三十一日をロッテルダム崩壊の日、国の追悼の日とします。その年の三月に政府所在地をここマーストリヒトへ移転しました。

沿岸の地形と嵐の接近進路のため、アムステルダムなどの沿岸都市は、二〇五二年の巨大嵐の際はほとんど無傷でした。しかし、ロッテルダムの崩壊がアムステルダムの自己イメージと信頼性、将来に及ぼした悪影響を測る方法がありません。ロッテルダムは、オランダ土木工事技術の最高傑作でさえ、時間の問題であり、大都市の破壊を防げなかったことを示しました。アムステルダムは数時間ではないにせよ、数年で崩壊しました。しかし、崩壊したのは、巨大嵐で被害を受けたからではなく、将来の地球温暖化と海面上昇、嵐に直面しても住み続けられる都市という信頼を失くしたからでした。ロッテルダムの教訓はそれだったのでしょう。都市の将来への不安は、人口または自然の破壊力と同じで、致命的となり得ます。

ニューヨークを守るために建てられた建造物は二〇四二年の嵐で倒壊しました。イギリスがテムズ川の防壁を築いたのは、ロンドン周辺の氾濫原に水が流入しないようにするためでした。一九七〇年代末に設計され、二〇三〇年まで耐久性があるとされましたが、もちろん設計者は地球温暖化を予想していませんでした。防壁の耐久性を補強できたのですが、イギリスでは二〇二〇年代に国内が分裂して麻痺状態に近く、いまだに地球温暖化の懐疑論者に牛耳られて何もできませんでした。ロシアはサンクトペテルブルクに可動ダムを建設し、米国陸軍工兵隊はニューオルリンズの防護対策には不適当だと分かっていたことに数十億ドルを費やし、諸外国も独自のプロジェクトを開始しました。どれ一つ残っていません。終わりの見えないまま、年々上昇し続ける海面を抑制するだけの十分な高さの障壁を造るのは不可能なのです。

ロッテルダムとアムステルダム以外の諸都市はどうでしたか。

二〇〇〇年からの地図を見れば脆弱な地域と都市が分かります。当時、海抜以下の全地域を見捨てましたが、それは繰り返し洪水になるか、いつか洪水になる恐れがあったからでした。ハーグ、ハールレム、ライデン、デルフト、ハルリンゲン、フローニンゲンのほかにも多数の小都市と町がなくなりました。オランダは国家戦略の放棄を余儀なくされました——おそらく国民としての自己同一性さえ——そして、北海に降伏し、数百年間闘って獲得した貴重な国土を明け渡したのです。

二〇二〇年現在、オランダは約四万一五〇〇平方キロの国土に千七百五十万人が暮らしていました。人口密度は一平方キロ当たり四百二十人で、ヨーロッパで最も高く、当時世界一だったバングラデシュの人口密度の三分の一強でした。しかし、前述のとおり、国土の半分は海抜以下でした。そのすべての土地を見捨てざるを得なかったので、人口密度は二倍になりました。さらに悪いことに、二〇五〇年にはオランダの人口は千八百万人に増えました。今日、誰にも確かなことは分かりません。たぶん千八百万人のままでしょう。それらの人々が二〇二〇年当時の半分の土地に生活していますから、現在の人口密度は約八百七十人です。さらに、いま以上の土地が海に消えれば、死亡率が上昇しない限り――ありそうですが――一平方キロ当たりの人口は必ず増加します。

オランダ人でなければ、私がどれほど辛い思いでこう申し上げているのか分からないでしょうが、航海者の国がいわば陸者《おかもの》の国になったのです――国土の半分に押し込められ、明日は三分の一になるかもしれません。オランダ経済は疲弊し、オランダは果たして国家として生き残れるだろうかと、良識ある人たちは思っています。すでにドイツとフランスに併合を申し出ました。ですが、英語の諺で「対等者同士は合併しない」と言いますね。私たちは合併でどういう強みを示せるか――溺れかかった国ですか。私たちにはまだオランダ国民の主体性とプライドがありますが、ドイツやフランスの一部になったら、いつまでそれを保てるでしょうか。

第四部

氷

不安定な矛盾

チェザーレ・ガルシア氏はペルーの環境大臣である。祖先を辿るとピサロとアタワルパ（訳註 インカ帝国の実質的に最後の皇帝）の時代へ遡る。私はアンデス山脈の東側のプカルパ（訳註 ペルー中部の都市）の自宅に同氏を訪ねた。リマ崩壊後ここへ転居したそうである。

ペルーは両極端の面をもつ土地柄であり、とくに地勢と気候についてそれが言えます。先祖が水の確保を雨だけに頼っていたら、太平洋岸とアンデス山脈に挟まれた細長い、乾燥した、不毛の低地では生き残れなかったでしょう。ここは地球上で最も乾燥した土地の一つなのです。極度の乾燥は、南アメリカ西海岸がアンデス山脈の雨陰《あまかげ》（訳註 山の風下側で雨が少ない地域）にあるからです。極度の乾燥冷たいフンボルト海流は湿った太平洋の大気を凍らせ、その大気が内陸へ移動して上昇すると、湿気は凝縮して雪になりアンデスの山々に降ります。その過程で、ペルーの海岸平野は極度に乾燥し、雨はペルーの全降雨量の二パーセントしか降りません。しかし、今世紀初め、海岸地帯には人口の七割が住んでいます。雨が少ないのにどうやってそれだけの人口を支えたのか。私たちペルー人には〈パンと魚の奇跡〉がありました。

最大の奇跡は首都リマだったかもしれません。今世紀初め、リマは年間僅か二十五ミリの降水量で七百三十万人を支えていました――しかも、そのほとんどは雨ではなく、冷たい靄として漂っていました。リマで域内の水滴をすべて集めたら、総量は住民一人当たり年間一八九三リットルになったでしょう。当時、米国の砂漠都市の平均的な住民が使った一日七五七リットル以上と比べてください。

明らかに、リマ市民は空以外からも水を得なければなりませんでした。それに、大都市を維持するには雨の降らない年でもその水が必要なのです。幸い、彼らには頼れる貯水槽がありました。コルディエラ・セントラル山脈の雪を被った頂上の氷河です。氷河は冬に厚くなり、夏になると溶けた水がリマク川を下ってリマへ流れ込みます。次の年も同じです。この氷河がリマの命綱なのです。氷河がなければ無人都市になったでしょう。関連はありませんが「働かざる者、食うべからず」と言います。粉挽き器がなければ、食事はない。いや、この関連では、氷がなければ、水はない、ですね。氷河はペルーの製水工場でした。

アンデス山脈の諸国――アルゼンチン、ボリビア、チリ、コロンビア、エクアドル、ペルー、そしてベネズエラ――は多かれ少なかれ雪解け水に依存しています。例えば、ボリビアのラパスとエルアルトは、水のほとんどをチャカルタヤ氷河から得ています。

東アフリカやニューギニアのような世界の他の国にもかつては熱帯の氷河がありました。『キリマンジャロの雪』という二十世紀の短編小説がありますね。しかし、そういう国々はペルーよりも雨が多く、雪解け水にあまり依存していませんでした。

熱帯の氷河はそもそも〈形容矛盾〉なのです。気温が僅かでも上昇すれば、熱帯の氷河は溶け始めます。今世紀以前にもアンデス氷河は急速に溶け始めました。一九七〇年から二〇〇〇年までにペルーの氷河は三分の一に減りました。エクアドルのコトパクシ火山の氷河もそうでした。かつて一九八三年に、科学者は、コロンビアのエルコクイ氷河は少なくとも三百年は消えないと予想しました。二〇〇五年の再研究では二十五年に下方修正され、二〇三〇年代初めにはエルコクイ氷河は消えてしまいました。

一九八〇年から二〇〇五年にかけて、我が国の美しいワスカラン国立公園にある、標高五千二百五十メートルのパストルリ山の有名な山頂氷河は、毎年二十メートル減少しました。二〇〇五年には、氷河は一・六平方キロを残すのみでした。十年以内にこの氷河も消えてしまいました。コルディエラオリエンタル山脈のクエルカヤ氷冠は、かつては世界最大の氷河でしたが、二〇〇〇年には一キロ以上後退し、今世紀半ばにそれも消滅しました。

世界の他の熱帯氷河も前世紀に溶け出しました。キリマンジャロは氷の七五～八五パーセントがなくなり、ケニア山に十八あった氷河のうちの七つが消滅しました。ニューギニアの熱帯氷河も後退しました。今日では熱帯氷河はどこにもありません。

ペルー人は何度も警告を発しましたが、誰も聞こうとしませんでした。気温の上昇とともにコルディエラオリエンタル山脈の氷河は急速に溶け始め、川に大量の雪解け水が流れ出ています。今世紀初めの二、三十年間の私たちの関心は洪水であって、旱魃ではありませんでした。これが飢饉到来前の饗宴であることを――いつか奇跡は終わることを――国民と政治家に説得するのは不可能なのです。科学者によれば、増水から渇水への変化は二〇四〇年代の初めに生じるでしょう。科学者は貯水槽池を建設して水を貯め、強力な節水対策を打ち出すべく、指導者を説得できませんでした。

アンデス山脈の山々はそれほど高くないとおっしゃるでしょうね。コルディエラオリエンタル山脈でも六千メートルを超える山はなく、今世紀初め、五千メートル以上でないと氷河はありませんでした。ペルーの緯度で、雪線高度は気温が摂氏一度上昇するごとに約百五十メートル上がるとのことです。五年生なら算数ができます。高い山々の平均気温が約三度上昇したら――科学者によれば、山は平地よりも気温が上昇するとのこと――氷河はすべて消滅します。どこでもそうですが、リマ市民は現実に背を向け、手遅れになるまで地球温暖化の結果を受け入れようとしませんでした。氷河が溶けて河川が涸渇しても備蓄はありませんでした。

最初に水に困るのは貧困層でした。前世紀に数百万人がリマへ移住していました。二〇五〇年には、貧困層は荷物を背負うか、荷車に積んで、防壁を去り、数世代前に先祖が降りて来た高地へ徒歩で戻って行ったので、リマでも国全体でも人口減少が起きていました。大半は山脈の東側を目指しました。到達できればですが、十分な雨量があり、私はそこから話をしています。沿岸諸都市から山岳道路へ延々と人の鎖ができていました。多くの人が道端に倒れました。

もう一つの問題は、河川の水量の減少とともにダムの水力発電量が減ったことです。水力発電はかつてペルーのエネルギーの八割を占め、化石燃料はほとんどないので、失った水力発電量を補填できませんでした。ペルーには海へ出る道はたくさんあったのに、海水の淡水化ができなかったのは電力不足が大きな理由でした。

都市に住みにくくなるとともに、今世紀初めにほとんどが消滅していた極左武装組織「センデロ・ルミノソ」が復活しました。同組織は政府打倒のためにテロリストを支援し、富裕層は貧困層を犠牲にして秘密裏に給水を受けていると尤もらしい主張をしました。多くの貧困層が「センデロ・ルミノソ」に加わり、数千の脱走兵も同様でした。今日ペルーは正常な機能を備えた国家ではなく、地元の給水を守る武装集団になり果ててしまいました。

南アメリカの数カ国と腐敗した指導者たちは、給水とインフラを外国民間企業に売却しました。究極の資本主義ですね。しかし、企業は儲けるために商売をしたのです。それが不可能になったとたんに給水会社は去って行きました。ほとんどの場合、将来を予想して、修理と保守点検への投資は無きに等しかったので、彼らの残した設備と施設は、倒れ掛かった政府には使い物になりませんでした。

ペルーの将来について最も恐ろしいのは、給水量が二〇〇〇年当時の人口の約三分の一分しかないことと、水は高緯度かアンデス山脈の東側にあることです。私たちは沿岸地域を見捨て、東側の山腹に標高の高い新しい国を建設する必要がありますが、財源と指導力、電力、希望をどこに求めるのか。一国が大都市と国土の大半を捨てて、他のどこかで国家再建ができるでしょうか。歴史上そんなことがあったでしょうか。しかし、地球温暖化とは、国によっては、生き残るためにはそうせざるを得ないということなのです。

永久ではない凍土

今日はエカテリーナ・シモワさんをウラジオストクのお孫さんの家に訪問している。シモアさんは二〇〇〇年生まれで、ニキタ・シモフ氏の長女であり、偉大な科学者で今世紀前半の自称、生息環境修復家であるセルゲイ・アフィシエビッチ・シモフ氏の孫に当たる。

カーチャ・ニキートヴナ、そうお呼びしてよければ、ご自身と高名なご先祖について話をお聞かせください。

ええ、構いませんし、英語でお話ししましょう。昔、父と祖父がアメリカ人とイギリス人の科学者たちと仕事をしていました時、私は流暢に英語を話したのですが、いまは日ごろ使いません。上手に話せるといいのですが。

祖父セルゲイ・アフィシエビッチ・シモフは、今世紀初めのロシア最高の科学者であり、世界でも屈指の一人であると言われました。これは祖父の知性のためばかりでなく、永久凍土を研究したためでもありました。永久凍土は永久ではないことが判明し、そのことは科学者の予測よりも格段に地球温暖化に貢献しました。

一九七七年、セルゲイ・アフィシエビッチは「ロシア科学アカデミー」の研究所としてチェルスキーに「北東科学研究所」を創立する支援をしました。私が生まれたこの小さなシベリアの町は、北極圏（北緯六十六度三十三分以北）上の北緯六十九度、北極海の南約百五十キロのコリマ川河口にあります。研究所の目的は永久凍土と、そこから放たれるメタンガス、その生態系への影響の研究でした。ですが、お話に入る前に、祖父が実際に有名になった別の研究「プライストシーン・パーク」についてお話ししなければなりません。

祖父と父は科学の最大の謎を解きたいと考えていました。最終氷河期末にマンモスなどの大型草食動物が絶滅した理由は何かについてです。シベリアの科学者の大半は、暖かくなった気候が変化して草原がツンドラになり——英語でもロシア語でもツンドラは同じです——大型動物の生存に必要な食べるものがなくなったと考えました。祖父は逆に、大型動物の群れが草原を踏みつけ、糞が肥料になってツンドラが草原になったと考えました。そこで絶滅の説明となるのは人間による狩猟です。しかし、絶滅が気候変動ではなく乱獲だったとしたら、ツンドラに大型動物を再生できるかもしれません。「プライストシーン・パーク」はそのための研究でした。祖父は野生生物保護区をつくり、生け捕りにするか、仔牛のように買って来た野生のバイソンとムース（巨大鹿）、エルク（ヘラジカ）などをそこで飼おうとしました。祖父の死後は父が仕事を引継ぎました。

しかし、最も重要になったのは永久凍土の研究という別の研究でした。

そのとおりです。私は科学者の中で成長し、科学者にはなりませんでしたが、永久凍土については説明できます。少なくとも二年間以上地表の温度が零度以下だと永久凍土になります。地面は建物を建てられるほど固くなり、冷凍野菜は細菌に腐食させることなく保存できます。凍土一グラムには無数の細菌が含まれています。気温が上昇して永久凍土が溶け出すと、無数の細菌が生き返って植物を食べ始めます。でも、そのときCO_2とメタンの両方——私たちは石炭ガスと呼んでいました——を排出します。これらは温室効果ガスで、CO_2はメタンよりも大気中に長くとどまりますが、メタンは分子によっては二十倍の熱を発生させます。これがどう反応するかついて父たちが話し合うのをよく聞いていました。

どんな研究だったのですか。

地球温暖化で永久凍土の上の温度が上昇するということです。そのため植物が腐り、息を吹き返した細菌に腐食されてCO_2とメタンが発生して大気中に放出され、大気温が上昇します——そして、あなた方の反応があります。何もなければそのまま永久凍土は全部溶けてしまうでしょう。私たちはそこへ向かっていて、そうなれば地球温暖化は一段と激しくなり、科学者の最悪の予測以上に長く続くでしょう。

チェルスキーで永久凍土が溶け出したのはすでに明らかだと、私が小さい頃父が話していたのを覚えていますが、そこでは家屋が沈み、傾いて倒れていました。再建しようとした時、暖まった地表近くの層は機材が通りましたが、数センチ下はまだ岩のように固くて杭打ちの穴が掘れませんでした。

チェルスキーは現在でも長く見捨てられたままです。都市全体が永久凍土の上にある最大の都市はヤクーツクで、北極圏から南へ約四百五十キロのところにあります。子供の頃、大都市を見ようとよくそこへ行きました。当時の人口は約二十五万人でした。ここも今は見捨てられました。北極圏に近く、一部か、全体が永久凍土の上にある都市を見に行ったら、ほぼすべてが無人か、やがて無人化する様子が目に入るでしょう。ロシアとスカンディナビアでは、チェルスキーとヤクーツクだけではなく、ムルマンスクやアルハンゲリスク、ノリスク、トロムセ、それに多くの小都市がそうです。他の地域に、フェアバンクスやエコー・ベイ、イエローナイフがあります。

気候のコンピュータモデルは、北極の気温は他の地域よりも二倍の速度で、二倍高く上昇すると予測し、正確でした。いったん永久凍土が溶け出したら、溶け続けるでしょう。北極圏の数百キロ以内で生活している人は、自分たちの土地は、今世紀中でなくとも、来世紀には失われると思っています。

父は自分のものも、他者のものも、集めた論文をすべて残し、誰かが過去を振り返って前の世代がどのように世界――例えば、孫の世界――を破壊したのかを確かめるときのために、特に留意点を記しました。今回の取材の準備のためにそのいくつかを調べ、読むのが辛いものでしたが、お話しします。

二〇一八年の報告書は主にフィンランド人地質学者グループの執筆によるもので、同国は北極圏内まで国土が広がり、地球温暖化の永久凍土への影響を知りたかったのです。グループは二〇五〇年までに——彼らには僅か三十二年後で、報告書を読む人たちの大部分がおそらく存命中に——四百万人とインフラの約四分の三が永久凍土の被害に晒されるだろうと結論しました。これは正しかったことが判明しましたが、もちろん、現在はさらに三十四年経っており、永久凍土は間近で限りなく溶け続けています。

永久凍土が溶け始め、ノーススロープ郡（訳註　アラスカ州の最北部で北極海に面する）や、トランス・アラスカなどのパイプラインの油田などのアラスカの原油と天然ガス事業が閉鎖されると正確に予測した論文もありました。EUの主要な天然ガスパイプラインの起点であるシベリア北西地域も同じです。化石燃料企業が自己の犠牲になるとは、笑わずにいられません——泣くよりいいですよね。もちろん、現在はどこもなくなってしまいましたが、この論文の予測に皮肉な笑いを浮かべる父が思い浮かびます。だから父はこれに印をつけたのかもしれません。

最後に読者に伝えたいことは何ですか。

人類のために研究した祖父と父を私は誇りに思っています。残念なのは、当時のいわゆる指導者たちには「更新世パーク」（更新世野生復元構想）――失敗する運命にあった科学上の夢――と、世界中の科学者のほぼ全員の意見が一致した、人間がつくり出した地球温暖化という現実の手強い科学との違いが分からなかったことです。ロシア人は大専制君主、独裁者を経験していますが、私たちロシア人でさえ世界を破壊した者たちを呼ぶ言葉があるようですので、この祖母にあえて言わせてもらいます――未来の子どもたちの殺人者です。

ホッキョクグマ《ナヌーク》

マリー・プンゴウィーは生粋のアラスカ・エスキモーで、人類学者である。米国本土への旅行中に私の自宅を訪問してくれた。

エスキモー族が、私の部族の土地であるキギクタク島にいつ辿り着いたかは誰にも分かりませんが、白人が到来する数百年前から島にいた証拠を考古学者が発見しています。島には安全な港がありましたが、チュクチ海の海岸は風を遮るものがない時は容赦のない場所でした。海で暮らしを立てていて、十五分歩けば海でした。私の部族や他のアラスカ西部の部族は一八八〇年代に死に絶えました。アメリカ人捕鯨者がクジラとセイウチを絶滅させた後のことで、私たちは「大飢饉」と呼んでいます。一九〇〇年頃には、私たちの村は金採掘者たちの食糧補給所になりました。その後、一九九七年に海面が上昇する前にも、巨大嵐が村の北岸を十メートル浸食し、数軒の家屋と建物が移転を余儀なくされました。

もちろん、嵐はつねに起こりましたが、私たちキギクタク・エスキモーは、嵐やベーリング海峡とチュクチ海の脅威を生き延びて来ました。今世紀初めに変化が現れました。当時、私の大叔父のカレブ・プンゴウィーは海産哺乳動物委員会の先住民問題特別顧問をしていました。その時に彼が書いた報告書から読み上げたいと思います。

北極の環境は一定ではなく、厳しい年もあることを先祖は私たちに教えた。だが、厳しい年が続いた後で豊潤な時期が訪れることも教えた。私たちの文化の先祖の知恵をいろいろ紐解くと、私たちの行動ではない目下の変化は、いつ良い時期が戻って来るかと不安に駆られる。

先祖が恐れたとおり、良い時期は戻りませんでした。部族はキギクタク島を捨てて移動しました。その後、かつてない猛烈な嵐で村は破壊され、数千年前にベーリング海峡を渡った最初のエスキモーが目にしただろう状態になりました。同じことが北極全域で起きました。先住民は、温暖化した現在の世界で、伝統的な生き残る術を維持できなくなり、家と村を捨てることになりました。

　地球温暖化が深刻化する前は、人々は北極にとってはいいことだと言いました。やっかいな氷が溶けたら暖かくなると考えました。なんと無知なことか。私たちの町の多くは永久凍土の上に建てられていたことを知らなかったのでしょうか。氷が溶けるにつれ、地盤が崩れていくようでした。都市へも波及しました。フェアバンクスの地盤は非常に不安定になり、多数の建物が見捨てられることになりました。

　今世紀初めの十年間にキギクタクは大きく変化せざるを得なかったことを大叔父の報告書は示しています。気温上昇とともに――北極では他地域よりも二倍暖かくなると申しましたね――海ではどんどん氷が溶け、年々時期が早まり、はるか沖合の大浮氷群が移動しました。セイウチとアザラシ、ホッキョクグマは氷とともに移動し、狩猟ができないほど遠ざかることが多くなりました――動物も固い氷や陸地まで戻れなくなり、多くが死にました。

　海と風、気温の変化で、動物たちも変化を余儀なくされましたが、その方法が分かりません。ヌナヴァク――セイウチ――は氷の上に這い上がって獲物を食べる時の合間に休息をとります。そうしないと疲れてしまうからです。しかし、氷が溶けて休息場が猟場から遠ざかると、セイウチは氷に戻るのにエネルギーを使い過ぎてしまいました。体重が減り、死ぬセイウチが増えました。溶け出した氷はアザラシにも同様の影響を与えます。氷が早く溶けるにつれて、アザラシは、子アザラシが生きていけるようになる前に氷の穴から出て行かざるを得なくなりました。哀れな子アザラシは一生が始まる前に死にました。

　ホッキョクグマはかつての生息地のどこにもいなくなりました。セイウチとクマは魚ではないので、いつも泳いでいるわけではありません。クマも氷上に這い上がって休息し、つがい、子グマを育てます。そのためには氷が必要なのです。氷が溶けると、氷に向かってそれだけ長く泳がなければならず、余計にエネルギーを使い、生き残るチャンスが減ります。ホッキョクグマのように群れにならない動物は、つがう相手をどのようにして見つけるのかは科学者にもはっきりしませんが、出会ったとしても、氷が少なくなるとそれだけ困難になりました。クマの巣穴が早く溶けて冬眠パターンが変化し、アザラシと同様に、子グマは十分成長する前に穴から出ざるを得ませんでした。この辺りでは、氷が溶けるにつれてクマは町に近づき、地元の猟師や悪辣な密猟者に撃たれます。二〇〇八年に米政府はホッキョクグマを絶滅危惧種に指定した後、しばらくは狩猟が減りましたが、政府が規制に失敗すると再開しました。法律の規制がければ、指定だけでは意味がありません。

　部族が最も悲しい思いをしたのは、陸や氷から遠く離れたところを泳いでいるクマを見たことでした――部族の猟師は数十キロ先にそういうクマを時々見ました。クマは地図もパソコンも持っていませんよね。そのまま泳ぎ続けて帰れなくなる地点《ポイント・オブ・ノーリターン》を越えてしまうかもしれません。クマはいつもあった氷がなくなったことを知りませんでした。最初は泳ぐクマに出会い、次に死んで浮いているクマを発見しました。死んでから時間が経っていなければ、猟師はロープで死骸を引っ張って行って、肉や皮を取ります。しかし、しばらくすると死骸すら見ることがなくなりました。最後のナヌークは二〇三一年に野生で目撃されました。クマは飼育でも繁殖するので、動物園で、少数ながらナヌークが見られます。私は見に行きません。いずれにせよ、動物園もやがて閉園になります。ホッキョクグマが姿を消し、私たちの部族の存続が危ぶまれています。伝統的な生活の術は氷とともに溶けてなくなり、代替はありませんでした。産業なし、仕事なし、狩猟なし、生きる術なしで、このとおり孤立しています。確かに、暖かくなりました――ですが、暖かさは私たちには有害で、助けにはなりません。最後のエスキモーはどうなるのでしょう。動物園に入れますか。

第五部

戦争

四日戦争

モシエ・エバン将軍は二〇七〇年にイスラエル軍を退役した。将軍は四日戦争として知られる二〇三八年の戦争の英雄で、当時青年砲兵将校としてゴラン高原で任務に就いていた。エバン将軍、今世紀は、乾燥地では川の上流の人間が勝つことが証明されました。

そのとおりです。その事実で中東地域のどの国も高原を支配したがるようになりました。イスラエルは、宗教とナショナリズム、歴史がアラブ諸国との紛争の原因だったときも、究極的には水の争奪戦であると考えていました――国家にも人間にも水は欠かせません。百年以上前にエジプトのアンワール・サダト大統領がイスラエルとの和平条約に署名した際――そして運命を封印した――もしエジプトが再び開戦することがあれば、水源の確保だと言いました。一九九〇年、ヨルダンのフセイン国王は、イスラエルと戦争になるのは水問題だけだと言いました。国連が崩壊する前、潘基文《バン・ギムン》国連事務総長は、水不足は二十一世紀の戦争の引き金になるだろうと発言しました。今世紀の出来事はいずれも正しかったことを証明しました。イスラエルの指導者たちにその発言は必要ありませんでした――水なしには、私たちの国家建設の実験は失敗してしまいます。

イスラエルは独立宣言以来、アラブ諸国と水争いを繰り返してきました――小競り合いから全面戦争まで。問題の根は一九四八年のアラブ・イスラエル戦争に遡ります。この戦争は休戦協定で幕が下りましたが、ヨルダン盆地の国々は川の水の分け合い方を決められず、将来の戦闘が避けられなくなりました。そういう特殊性を超えて、イスラエルとヨルダン盆地の他の国々には、必要な水を取り始める以外の選択肢はありませんでした。アラブ近隣諸国は、イスラエルのヨルダン川の水へのアクセスを阻止するため、ゴラン高原の源流を迂回させる計画であると声明しました。これは、ヨルダン川とヤルムーク川の水のほとんどをイスラエルに使わせないということです。イスラエルには認められず、一九六七年に六日戦争と呼ばれる戦争に突入しました。短期間の戦闘中にイスラエルはゴラン高原を奪い、アラブの計画を阻止してヨルダン川上流の支配権を獲得しました。ヤルムーク川についても、戦争前は十キロを支配していた川の全長の半分を獲得しました。六日戦争後、ヨルダンはヤルムーク川の自国の支配地域の開発にもイスラエルの同意が必要になりました。

水はパレスチナ解放機構（ＰＬＯ）の発展に顕著な役割も果たしました。六日戦争後、ＰＬＯが新たに指導力を発揮し、ヨルダン川渓谷のイスラエル定住地を攻撃し始めました。そこにはポンプ場などの給水施設もありました。報復としてイスラエルはヨルダンのイーストゴル運河を攻撃して破壊しました。ヨルダンに対し運河の修理を認める替わりに、ＰＬＯを追放するという秘密取引をしました。そのために「黒い九月」事件（訳註　一九七二年のミュンヘンオリンピック開催中に、パレスチナテロリストがイスラエルの選手十一名を殺害）の時、ヨルダンとＰＬＯの間に確執が生まれました。この闘いは過去を長く忘れない世界の一部に、いつまでも消えない憎しみの種をまきました。前世紀に起きたことですが、中東における二十一世紀の紛争の根源を理解する鍵なのです。

この地域は今世紀初めに厳しい旱魃に見舞われました。地球温暖化で気温が上昇し、降雨量が減り、川の水は減り続けました。二〇三〇年までにヨルダンでは二〇パーセント減って、イスラエルと近隣諸国に地下水の汲み上げを要求しました。しかし、地下水は何千年もの歳月をかけてたまる化石水です。地下水の汲み上げ速度が速く、帯水層に水が溜まるのが追いつきませんでした。人口増加で大量の水を汲み上げたため、地下水面はどんどん下がりました。最強のポンプでも汲み上げられないほど水面が深くなりそうな時期がありました。水は重いですよね。一立方フィート（約二十八リットル）で二十八キロあります。それを地上に引き上げるには大きなエネルギーが要ります。

根本的な問題は、今世紀初めの十年間でさえ、明らかでした。地球温暖化でヨルダン川の水の放出量が減少し始める前でさえ、イスラエルとヨルダン、シリアには川の水量以上の水が約束されていたのです。貴国でも昔「ペーパー・ウォーター」と呼びましたね。

人口増加はすべてを悪化させました。二〇〇〇年当時、西岸とガザ地区には二百九十万人のパレスチナ人がいました。二〇一五年には約四百五十万人に、二〇三〇年には六百万人に増えました。イスラエルでも同様に人口が増加しました。ですから、二〇二〇年代半ばにはパレスチナ人もイスラエル人も増えたのですが、地球温暖化で水はさらに少なくなりました。

二〇二〇年代になると、ハマスやヒズボラなどの集団はイランによる資金提供で金回りがよくなりました。イスラエルに対するロケット弾とテロによる攻撃は着実に増え、それを阻止できませんでした。中東で唯一の核兵器保有国ではなくなったからです。イランは核兵器不拡散条約を脱退して地下核実験を数回行ったので、今世紀初めの十年間にイランが原子力の平和利用施設を建造中であると発表したときは、間違いなく核爆弾を製造していたのです。イスラエルは一度イランの原子炉を攻撃して破壊しましたが、そこでイランは、核攻撃があったら、四方八方へ拡散してイスラエルにもとどくほど巨大な放射性落下物（死の灰）の雲を発生させる核施設を地中深く埋めてしまいました。二〇年代末には、イランが少なくとも核弾頭を数十基備蓄していたことが分かりました。ごく少量でイスラエルを壊滅できるでしょう。恐ろしいのは「イスラエルを地図から抹殺する」と宣言したテロ集団も、当時盛んになってきた地球規模の核市場で核兵器を手に入れていたことです。

ですから、一九四八年のイスラエル建国以来、イスラエル人は初めて国家存続の自信が揺らぎ始めました。問題が起きると、相変わらず後援国の米国に訴えました。二〇二八年のマルタ島における米・イスラエル首脳の秘密会談では、イスラエルが開戦したら米国は戦術核兵器の使用などあらゆる必要な手段を講じて防衛するとの確約をイスラエルは得ました。しかし、中東で学んだことが一つあるとすれば、それは、約束は破られるためにあるということです。アメリカが約束を守ると思いますか。

二〇三八年、エジプトは、二十世紀にも何回かやりましたが、ネゲブ（訳註　イスラエル南部の砂漠地方）国境沿いに大軍を集結し始めました。同年十月十五日午後六時、日没直前に、エジプト軍戦車が二個連隊を従えて国境を越えてネゲブに侵入しました。我が方は武器、軍隊、航空機で応戦し、その場でエジプト軍を阻止しましたが、敵を追い詰めましたが、あまりにも簡単でした。将軍の中には陽動作戦と見た者もいました。

ヨルダン盆地の上水を支配するためには、昔のことわざどおり、上流——ゴラン高原を占領せよ、です。古代からの鉄則です。六日戦争では、イスラエルはそれをやって、ヨルダン川上流もヤルムーク川も支配したのです。エジプト軍侵入の二日後、シリアとヨルダン、シリアの属国レバノンは協調してゴラン高原の三方向から一斉に全面攻撃し、我が軍を驚かせました。振り返れば、九十年間、ひたすらイスラエルを追い払おうとする敵に囲まれて私たちは疲れ果てました。一国はどれほど不断の警戒態勢に留まっていられるのか。完全武装した多くの敵がいて、ゴラン高原では三カ国から攻撃され、通常戦争だったらイスラエルはあっけなく負けているでしょう。我が国の唯一の選択肢は核兵器の使用で威嚇することでした。

イスラエルは白旗を揚げてアンマンとベイルート、カイロ、ダマスカスへ使節を送りました。各国政府に対し、周知のとおり、イスラエルには核兵器があり、米国から入手した超音速ステルス戦闘爆撃機オーロラにそれを搭載し、四首都を標的にしていると伝えました。敵側は、三月六日に数機のオーロラ機が超音速でレーダー探知を逃れて目標に到達したことを承知していました。敵のレーダーが探知しても、時速六四四〇キロなので、テルアビブからカイロまでの四百キロは十分とかからず、離陸速度を落としても敵機はすべてを撃ち落とせません。

そこでイランが動きました。同盟アラブ諸国の要求を予想して、すでにシリアへ核兵器の一部を送ってあり、イランの長年の目標であるイスラエル壊滅のために大量の援軍を送ると声明しました。

ご承知のとおり、この時は国連と国際原子力機関（IAEA）は双方とも機能停止してから長い時間が経っており、イスラエルは単独で運命を決する選択をするしかありませんでした。我が国が核兵器を使用すれば、アラブ各国も同様に使用して、全域が核戦争に突入するでしょう――ホロコーストです。

私たちの唯一の選択肢は米国に対し、約束どおり我が国の味方としてゴラン戦争に参加してほしいと訴えることでした。米国はどこよりも大量の核兵器を所有し、どこよりも効率的な配備手段を心得ていました。核武装巡航ミサイル搭載の米軍艦はすでに中東地域東部を航行中でした。貴国は無難に四首都を破壊できたでしょう。

しかし、米国は内政問題に翻弄されていて、緊急直通電話《ホットライン》に応じませんでした。刻々と時間が過ぎても返事がなく、ゴラン地上戦は敗戦が続き、戦闘終了にようやく気づきました。私たちは和平を訴えるほかなく、国境線《グリーンライン》と一九四八年のアラブ・イスラエル戦争直後に占領した土地の放棄に合意しました。ゴラン高原と西岸、ガザ地区を放棄し、パレスチナ国家を正式に承認しました。さて、給水については、長年の敵であるパレスチナ人に懇願しなければなりませんでした。役割が逆転しました。私たちイスラエル人の方が抑圧された、命知らずの、水を欲しがる少数派になりました。私たちの敗戦は四日間で決まりました。だから敵側はばかにして四日戦争と呼びます。

もちろん、誰一人結果に満足していません。イスラエルは一九四八年から二〇三八年までに獲得したすべてを失いました。我が国の指導者たちは、敵側が多大な勝利に乗じてさらに多くを要求し、イスラエルを海に投げ込むつもりではないかと懸念しました。でも、そこで、奇妙なことが起こりました。

地球温暖化の影響が深刻化し、世界の原油生産量が減少するにつれて、アラブ諸国はイスラエルにかまっていられなくなりました。専制的石油国家とその主人たちが、壁に書かれた文字に気づくと、それは自分たちの死亡記事でした。パレスチナ人は長く希求してきた土地と国家を勝ち得たので、彼らも支援者もおとなしくなりました。私たちは、アメリカ人がよく言うように、成り行きを見守り、しばらくはアラブ近隣諸国との奇妙な緊張緩和《デタント》に至りました。人々は生き残ることに精一杯なだけに、憎しみと戦争のことは考えなかったのかもしれません。

将来はどうなるか分かりません。一つだけ言えることは、温暖化でこの地域が乾燥し続けるにつれて、中東地域の現在の人口を維持するだけの十分な水はありません。世界の多くの地域と同様、問題はいかに現在の人口を持続可能な数に減らすかです。

インダス戦争

ラジ・マネークショウ陸軍元帥は、本部が首都ハイデラバードにあるインド軍のトップである。二〇五〇年にインド・パキスタン間で起きたインダス戦争の際、同元帥は青年中尉としてカッチ大湿地で従軍していた。

今世紀初め、地球温暖化が原因で戦争が起こるとは、ましてや、核兵器が使われるとは、まったく考えられないと述べた人がいたというのを読んだことがあります。そういう人たちはインドとパキスタンの歴史を何も知らなかったのです。すでに二十世紀で三度戦い、三回ともインドが勝利しました。パキスタンとバングラデシュは戦争中に誕生しました。パキスタン人自ら「人は切り刻まれても習慣をやめない」と言うとおりです。私たちは領土と国家の威信をかけて戦いました――貴重な水にかけて戦わないとでも考えたのでしょうか。

ご承知のとおり、インドの国名は川から取りました。インダス川です。インダス川の源流はカラコルム山脈の氷河の雪解け水です――かつて、氷河は一万八千平方キロを覆っていました――そして、雪解け水は我が国の国土を西へ流れ、ジャンムー・カシミール地方を、その後パンジャブ地方を通ってパキスタンを縦断し、カラチでインド洋へ流れ込みます。「パンジャブ」という語は五つの川の意味で、インダス川の主要な五本の支流を指します。大河はパンジャブ地方を穀倉地帯にし、飲料水のほぼすべてを供給しています。インダス川を制する者はパンジャブ地方を制し、いつの日か、私たちは、制するのは誰かの決着をつけなければならないでしょう。地球温暖化が私たちにその日をもたらしました。

パキスタンはインドの下流に当たるので、パキスタン人はインドがいつかインダス川上流と支流にダムを建設し、戦争になったら、パキスタンへの給水を止めるのではないかと、または、過去の戦争でありましたが、貯水ダムから放流して下流に洪水を起こすのではないかと恐れています。

　この不安を解消するため、両国は一九六〇年にインダス川協定（Indus Waters Treaty）に署名しました。協定でインドは最も東の河川を、パキスタンは最も西の河川を支配下に置きました。東パキスタンがバングラデシュになったとき平和が崩れ、一九七一年のインド・パキスタン戦争が起こりました。さっそくダムと水力発電計画が標的なりました。一九七一年十二月五日、インド軍のハンター機が、当時世界最大規模のパキスタンのマングラダムを攻撃して破壊しました。その時点で、我が軍はパキスタン空軍を制圧し、パンジャブ地方上空はインドが制圧しました。良かったのか、悪かったのか、私たちはパキスタンとの三度の戦争のいずれでも河川協定を廃止しませんでした。

　インドとパキスタンは、今世紀半ばには、それぞれ数百発のプルトニウム爆弾を搭載するミサイルを持ちました。インド側の推定では、我々インドはパキスタンの人口五十万人以上の都市を数回以上壊滅させるに十分な、多くは多弾頭をもつ兵器を所有していました。しかし、パキスタンも同様でした。両国の長い憎悪の歴史に鑑み、再戦の引き金を引くまでそれほど時間はかからないであろうことも分かっていました。そして、世紀半ばには二十一世紀のインド・パキスタン戦争が勃発しかねない問題は明らかでした。領土でも、宗教でもなく、水です。インダス川は我が国の国名であり、神の恵みでしたが、今やインド亜大陸を核戦争に投げ込む呪文でした。

　今世紀初めの数十年間の地球温暖化で、インダス川とジャンムー・カシミール地方、パンジャブ地方の他の河川の源であるカラコルム氷河は急速に溶けました。この二十年間、河川は記録の残る一八〇〇年代以降で最も増水しました。その結果の大洪水で、科学者の声に耳を傾ける者はいなくなりました。科学者は、氷河が大規模に溶けたら、洪水ではなく、パンジャブ地方は旱魃になると述べていたのです。

二〇四〇年代末にはインダス川への流出は三〇パーセント減りました。ジャンムー・カシミール地方、パンジャブ地方はバングラデシュに大被害を与えたのと同じ可能性に直面しました。依存する河川が毎年数カ月間涸渇するパンジャブ地方とパキスタンでは、生存を左右する不作と飢饉に見舞われました。

インドは水不足を予想して、パンジャブ地方上流のジャンムー・カシミール地方に新たに貯水ダムを建設し始めました。また、既存のダムを高くして貯水量の増大に努めました。後から考えると失敗だったと思います。新しいダムや、高くした貯水ダムには余計に水が必要ですが、それがないからです。しかし、水不足には新ダム建設という古い考えに囚われたままでした。パキスタンへの水流を断ってダムを満水にしようとしましたが、国内の発電量は減ります。しかし、電気がなくても生きられますが、水がなくては生きられないことを学んでいました。

かつてパキスタンは、インドの行為を国連に訴え、あてにならない後援者の米国に、インドへ介入して水を放出するよう説得することを求めました。しかし、国連はもう存在せず、パキスタンがとるべき途は、直接インドにインダス川協定の改定を求めることしかありませんでした。以前ならインドは同意したかもしれません。二〇四〇年代には支配してきた水を自ら手放す国はありませんでした――それは〈支配〉であって「法律上の権利」ではないのです。インドは上流にあり、水を支配しています。協定の再交渉を求めるパキスタンの要求をはねつけ、インダス川およびジャンムー・カシミール地方の支流の水を引き続き囲い込みました。

振り返れば、不信と憎悪の風潮の中で、特に二つの出来事が二十一世紀のインド・パキスタン戦争の引き金になったと思います。一九四七年の分離以来、イスラム教徒反乱分子はジャンムー・カシミールで、時にはインドでも攻撃と妨害を行ってきました。二〇四〇年代に給水が減り始め、パキスタンが次第にジャンムー・カシミール支配に関心を募らせるにつれて、イスラムの攻撃は拡大しました。パキスタンの奇襲隊とイスラム反乱分子がカシミール渓谷のインド領地にあるシエナブ川のサラールダムと発電所を爆破して一部を破壊すると、新たな危機段階に入りました。これで下流に洪水が起きました。両国に被害が出ましたが、洪水が引くと、シエナブ川はスムーズにパキスタンへ流れていき、攻撃前よりも良くなりました。私たちはこの攻撃を戦争に等しいと捉えました。

次に、二〇四八年五月、水不足が深刻化し、パキスタンゲリラがインドの議事堂を爆破して、政府の要人数十名が命を落としました。首相は爆発の数分前に裏口から立ち去っていて無事でした。

爆破の実行犯二名が逮捕され、身分証明書を携行していませんでしたが、熟練の取調官が白状させたところ、二人ともパキスタン人でした。本当です。彼らの手腕を聞きたくないですか。パキスタン政府は事件について一切関知していないと否定しましたが、もちろん知っていました。インド側は、パキスタンがジャンムー・カシミールの反乱分子のキャンプを閉鎖し、暴徒の侵入が防げるように国境線で幅五十キロの地帯を譲渡するよう要求しました。パキスタンがこれを拒否したので、国境から上流にある全ダムのバルブを閉めてパンジャブ地方の給水を止めました。

私たち軍人は、戦争は避けられないだろうと考えました。おそらく核戦争になるでしょう。核兵器で武装を始め、ミサイルに核兵器を積み込み、パキスタン側も同じことをしているのを承知していました。インド側の奇襲部隊はメーンダルの停戦ラインを越えてパキスタン領内のシエルム川のマングラダムを占領しました。一九七一年にこのダムを攻撃していました。

パキスタン側は、インド軍がマングラダムに被害を与えず、即時撤退しなければ、すべての選択肢を検討すると警告しました。パキスタン大統領はいつになく強い口調で、インド側がその意味を理解しなかったら、自国は核兵器の使用を放棄したことはなく、先制攻撃も辞さないとインドおよび世界に向けて改めて発言しました。

二〇五〇年四月十四日、パキスタンはマングラダム付近に駐屯中のインドの大隊を戦術核爆弾で攻撃して完全に一掃しました。私の大隊でした。私は他の将軍たちとの会合で留守にしていて戻る途中でした。そうでなければ、私も一緒に死んでいたでしょう。私には個人攻撃でした。武器は空中爆発を仕掛けられており、下にいる者は全員即死しました、地上爆発の際の放射性降下物（死の灰）はありませんでした。五キロトンの戦術兵器だけを空中爆発させたのはパキスタン側の抑制の現れでした。そうだとしても、この戦術は我が方に同様の抑制は促しませんでした。

インド側の応戦は、ラホールに衝撃で発火する二百キロトンのプルトニウム爆弾を落としたことでした。ラホールは壊滅し、死者は推定百万人でした。それに続いてパキスタンに対し、核兵器の使用をやめて和平交渉に入るよう要求しました。しかし、インドには「水牛に笛を吹いても無駄」という諺があります。残念ながら、両国間の百年に及ぶ敵意から、パキスタンはインドの提案を拒絶しました。我が方の申し出を断ったその時点で、三百キロトンものプルトニウム爆弾を装備したパキスタンのミサイル二十四基がすでに発射されていました。二十数基のMIRV（個別誘導複数目標弾道）はバンガロールとカルカッタ、ニューデリーの三都市を徹底的に破壊しました。攻撃でインド政府所在地と周辺部全域が壊滅しましたが、もちろん、インドは秘密裏に政府および軍の首脳陣をここハイデラバードへ移動していました。パキスタンはインド最大の都市ムンバイを爆撃しませんでしたが、同市はすでに海面上昇とモンスーンの雨で市の半分が洪水に見舞われ、数十万人が死亡し、無数の住民が家屋を失っていました。ムンバイの駅舎、株式市場、それに最重要公共建築物はすでに荒廃していました。敵方は、放っておいても崩壊する都市に貴重な爆弾を投下する無駄はしなかったのでしょう。

インドの早期警報システムは数週間前に厳戒態勢に入っていて、パキスタンのミサイル発射と同時に熱反応を難なく探知しました。一発が落下する前にインド側の攻撃が始っていました。パキスタンは完璧なミサイル防衛システムを米国から導入したと自慢していましたが、インドの諜報機関が米国もパキスタンもそれだけのシステムをもっていないことを明らかにしており、どちらかが有効だったとしても、疑わしいと考えていました。インドの弾頭は数もサイズもパキスタンを上回り、ミサイルはさらに精確でした。インドはパキスタン全国民の命を奪うこともできましたし、それにインドには戦いを続行するのに十分な数の国民がいました。インドにはそれが分かっていましたし、パキスタンにも分かっていました。

インド側の弾頭でイスラマバードとカラチが破壊された後、首脳陣は攻撃を休止し、残っている標的のリストを発表しました。それにはパキスタンの全都市と全ダム、軍事施設、核兵器研究所などが入っていました。私たちはインドの諺を敵側に伝えました。すなわち「多くの犬はウサギを殺す。何度も転がして」です。首相は、必要ならパキスタンを石器時代へ戻す用意があると記者発表しました。標的リストの中の一つはとくに影響が大きいものでした。パキスタン政府が逃げ込んだ秘密の山中の地下壕で、我が方のスパイが場所を突き止めていました。インドにはそこを標的にしたこれまでで最大の水爆――地中貫通爆弾――があり、燃料ミサイルの上に据えられ、指はボタンの上にあると発表しました。パキスタンの回答に二十四時間の猶予を与えました。

両国は何度も何度も核戦争のシミュレーションを行ってきました。いずれも、核戦争が続けば両国とも滅び、勝利者はないことを示していました。どんなに復讐に燃えようとも、この時はすでに短時間で数千万人の命が失われていました。最大の危機に直面していたのです。大統領はバガヴァット・ギーター（訳註　ヒンドゥー教の一聖典）を引用しました。「無数の太陽の光が一斉に空に輝きを放てば、それは全能者の輝きとなる。私は死に神になり、世界の破壊者なり」。大統領はこの予言と同じにはなりたくないと言いました。

パキスタン政府の一部で軍の支持を受けた者たちがクーデターを起こして政府を打倒し、新グループが権力を掌握しました。一派は危機一髪の寸前で引き下がろうとしていました。双方は互いに地下壕に直通の衛星電話を敷設しました。イスラマバードとカラチの潰滅の数時間前に両国首脳は停戦交渉に入りました。

インドのパキスタンに対する四度目の勝利の一つの結果として、インドはジャンムー・カシミール地方とパンジャブ地方の南半分の統治権を獲得しました。しかし、給水が十分でないため、これらの地方は利益よりも重荷になりました。ですから、戦争は膨大な数のインド人とパキスタン人が命を失った以外にほとんど何も成果をもたらしませんでした。今頃は、パンジャブ地方は小麦栽培には暑く、乾燥し過ぎていて、パキスタンは三大都市を失って国の将来の展望はありません。戦争で生まれ、戦争で滅びたのでしょう。

戦争で何人ぐらい死んだと思われますか。

インドとパキスタンの諸都市における地上爆発での死者数はかなり正確に推定できます。終戦直後の二、三週間に何人が放射性中毒で倒れたかも分かります。三十四年経った今、両国に落下した広範囲の放射能が原因で、癌などの病気で亡くなった人数も推定できます。第四次インド・パキスタン戦争で一億五千万人の命が失われたとの推定が妥当でしょう。

オーカナダ（訳註　カナダ国歌）

ニール・フレイザーは米国マニトバ州初代知事だった。私は州都ウィニペグの介護付老人ホームに同氏を訪問した。

カナダ国民の多くは私を売国奴――よくて協力者、悪ければ裏切り者――だと思っています。その判断は単純すぎます。なぜなら、国民には私が背負っていた責任がなかったからです。カナダは戦いに敗れ、抵抗を続けても成果は得られないか、状況の悪化を招くだけでしたし、マニトバ州知事としての私の職責は、当州とカナダのために劣悪な現下において最善を尽くすことでした。さらに、私はオタワのピエール・キャンベル首相の指揮下にありました。私がアメリカのマニトバ州知事就任を断ったら、即免職となり、あまり献身的でない人物が職務に就いたでしょう。ですから、歴史が私の汚名をそそぎ、名誉を挽回してくれると思っています。少なくとも、私の心には一点のやましさもありません。

もちろん、私もみなと同様に主権国家カナダの消滅が残念でなりません。しかし、いまマニトバにいる私たちは、世界の九九パーセントの人々よりも良い境遇にあります。気候は良く、食糧は十分にあり、ここで必要なものはここで何でも作って収穫し、自給自足できます。私たちは先祖が十九世紀初頭に営み、事足りていた生活を送っています。加えて、過大評価はできませんが、大陸の中央に位置し、少なくとも今世紀初めの数十年間、国境に押し寄せる気候難民の群れがいないことは、単なる利点ではなく、国家として生き残るための鍵でもあります。しかし、もちろん、国境の向こう側には隣人がいて、それには少し曰く因縁があります。

地球温暖化が深刻化したら、アメリカがカナダを侵攻するだろうことは、国境のどちら側でも驚きではなかったはずです。アメリカの南部諸州が暑くなるにつれて、ヒューストンやフェニックスなどから脱出者があり、その多くはカナダ国境のすぐ南側の諸州に転居しました。北を眺めると、広大な土地と涼しい気候、琥珀色の穀物畑がありました。

アメリカ中部の気温は、快適でなくなっただけでなく、小麦の栽培にも適さなくなりました。農学者によれば、気温が摂氏一・一度上昇すると小麦の収穫は五〜一五パーセント減少し、現在までの総気温上昇はその三倍でした。すでに二〇四〇年代にはテキサス州とオクラホマ州が主生産地だった赤色冬小麦はもうそこでは生育しません。コロラド州とカンサス州ではまだ栽培できますが、利益は出ません。赤色春小麦は、かつてはモンタナ州とダコタ州、ミネソタ州などの北部諸州で盛んに栽培されていましたが、まったく育たなくなりました。小麦の生育に適する気候がここまで移動したのです。アメリカの農家は、気温がどんどん上昇し、これまで栽培してきた小麦はもう無理なことを知りました。推移を注視しているアメリカの小麦農家は、息子たちが農業をやる気になってくれても、異品種を栽培するか、小麦をやめるかだと考えています。二十一世紀後半中に、北米の小麦栽培はアメリカではなくカナダに移っていました。そして、いつの頃か、世界中の人々が地球温暖化はすぐには終わりそうになく、物事が今日うまくゆかなければ、明日はさらに悪くなることに気づき始めました。つまり、アメリカの子供たちが小麦を栽培しようとしても、おそらくできないのです。

気温が上昇して収穫が減るとともに、カナダへの移住を希望するアメリカ人が増えて来ました。二〇三〇年代に移民圧力が強まり始めたので、カナダは国境を閉鎖し、アメリカが国境の南側の近隣諸国に対して行ったのと同様に、カナダへの合法的移民を中止しました。

しかし、不法移民は止められませんでした。米・カナダ国境は防備のない世界最長の国境です。陸地で五千六十キロ、海上で三千八百三十キロあります。かつて大勢のメキシコ人がアメリカの南部国境を越えたように、毎年アメリカ人が大挙して不法にカナダ国境を越えるのを防ぐ手立てはありませんでした。

私たちが太陽鳥《サンバーズ》と呼ぶ彼らアメリカ人は、越境直後に仲間の小屋を見つけてもぐり込みました。こういう小屋はやがて反カナダ感情の先鋒となり、多くは銃を携行していました。アメリカ人はどの国よりも銃を持っていて、銃は人と一緒に移住しました。アメリカ人はなんと完全武装していたのです。

マニトバ州モリスは、レッドリバー渓谷の国境の北七十二キロにある人口二千人の小さな農業と牧畜の町でした。私の故郷でもあります。豊かな黒色土は農業に最適な世界有数の土壌です。モリスの西十六キロには雑然としたアメリカ人居住地があり、住民はフリーダムタウンと呼んでいました。今のところ、私たちマニトバ州民は、経済を支える豊かな小麦生産のため、人並み以上の暮らしをしています。しかし、フリーダムタウンのアメリカ人は栄養状態が悪く、飢餓すれすれの人たちもいました。小屋へやって来るアメリカ人がどんどん増えて、環境はさらに悪化しました。

フリーダムタウンのリーダーは扇動家であり、飢餓でなくてもアメリカ人の栄養不足はおかしいし、地球温暖化はアメリカ人には悪影響を及ぼしているのに、数キロ先のカナダ人は豊かさを満喫していると指摘しました。

二〇四六年四月三十日、完全武装し、酔っぱらったフリーダムタウンのアメリカ人の一団がモリスへやって来て、警察署と市役所、電気・水道施設を乗っ取りました。アメリカ人はこの小さな町の市当局者を捕えて拘置しました。彼らはスーパーマーケットと酒店を襲撃して勝手に飲食しました。アメリカ人がモリスを支配すると、フリーダムタウンは空っぽになり、住民はさっそくモリスに陣取りました。

カナダ政府は、カナダ人と不法米国移民の間で小競り合いに発展する出来事が起こるのを期待していました。モリスに王立騎馬警察隊を派遣し、争いは双方に多大な損害を与えました。騎馬隊はアメリカ人の銃武装と見事な戦いぶりが分かっていませんでした。一団には今世紀初めに中東各地の戦争で従軍した元兵士が多くいたのです。彼らは現在五十代、六十代ですが、戦い方は忘れていませんでした。

しかし、最後は、フリーダムタウンの輩は騎馬隊の相手にはなりませんでした。アメリカ人たちに迫ると、モリソンの戦いはアラモでアメリカ人が見せた最後の砦のようになりました。ただし、今回は違っていて、包囲されて戦うアメリカ人は、越境と実力行使の口実になる事件を待って国境に配置されていた米軍に援軍を要請できました。

アメリカは一個旅団を越境させ、高速道路七五号線をモリスへ向かわせました。七十二キロを二時間で進み、騎馬警察隊を追い出し始めました。騎馬警察隊は戦車との交戦準備ができていませんでした。煙が晴れると、フリーダムタウンのアメリカ人三十五人と兵士五人が命を落としていましたが、カナダ騎馬警察隊二百人とカナダの民間人六人が死亡していました。

アメリカの侵略は急拡大しました。カナダ国民は政府に報復を求め、二〇四六年五月五日にカナダは米国に宣戦布告しました。もちろん、これが不毛な努力であることを政府も承知していました。米国は数の上で遥かに優位で、軍も強大でした。それでも、名誉が戦いを要求しました。政府当局者は、戦わずに降伏するよりは、戦えば好条件で交渉できると読んでいました。カナダ政府首脳は、主権喪失に責任を持つことになろうとは思っていなかったようです。

ウィニペグ第十七航空団のカナダ戦闘爆撃機が飛行場の基地を飛び立ち、ほぼ全機が、米軍がモリス近辺に設置した野営地へ向かいました。しかし、数機は越境して米側の機甲部隊が来たノースダコタ基地を爆撃しました。一発目がアメリカ領土に落とされるとほぼ同時に、米国はカナダに宣戦布告しました。超音速オーロラ戦闘機の中隊がノースダコタ州のマイノット基地を飛び立ち、やられそうなカナダ機に遭遇したらすぐに撃ち落とし、ウィニペグの基地に残る飛行機を攻撃するために飛んで行きました。アメリカは半日でカナダ中央部の上空を支配しました。しかし、それは始まりにすぎませんでした。

アメリカはカナダ征服のために複数の戦争計画を準備していたことを後で知りました。その一つがモリスの越境救援隊まがいから始まりました。ああいう事件が起きなかったとしても、遅かれ早かれ米国は事件を誘発したでしょう。

メープル戦争計画の主目的は、カナダに無血勝利することでした。米国はカナダ軍を敗北させるつもりはなく、前世紀の世界戦争の勝者が行ったように、後にカナダ領土から撤退するつもりでした。米国の目的はカナダの併合でした――カナダの州をアメリカに合体して、切迫したアメリカ国民に生きる余地を与えるためです。カナダ人の血が流れれば、それだけ合体は難しくなり、敵意が長引くでしょう。

アメリカの動きは信じられない速さでした。第一〇一空挺師団の中隊はウィニペグ飛行場と巨大な鉄道の中心地にパラシュート降下し、さしたる抵抗もなく二カ所を占領しました。私たちは、カナダの長い国境と広大な土地はアメリカ軍を阻止し、カナダ側の反撃の時間的余裕を生むものと錯覚していました。ヒトラーがバルバロッサ作戦に出る前、ロシア人も同じように考えていました。

カナダは確かに広大ですが、国内輸送と基地、工場、人口は国境から百六十キロ以内に集約されていました。例えば、カナダを東西に移動する鉄道すべては、必ず大きなウィニペグ車両基地を通ることになっていました。ここがアメリカの手に落ちたので、国内の一カ所から他の場所への兵力と物質の輸送はできなくなりました。カナダ全土を掌握する必要はなく、戦略上の数カ所を占領するだけで事足りました。

アメリカに都合のよいことに、主要な港湾はセントローレンス川沿いかファンデフカ海峡内にあって、後者からはビクトリアとバンクーバーの大きな港へ入れました。米戦艦がセントローレンス川とファンデフカ海峡の入口を封鎖したら、カナダは海運に窮することになりました。大陸横断鉄道交通が閉鎖されて海へ出る通路はなく、空港は米軍支配下に置かれ、外界と遮断されて、国内でも身動きが取れませんでした。そこでアメリカはカナダ政府の降伏を待ったのです。

私たちカナダ人はつねに平和的な国民であり、近隣諸国に侵略的態度をとったことはありませんでした――アメリカが唯一の隣国でした。私たちは、求めに応じて、両世界大戦などに軍を派遣して立派に務めを果たしてきましたが、二十一世紀の進展とともに、当面の敵もおらず、イザヤ書を引用すれば「剣を鋤の刃にかえました（訳註　戦いをやめて平和に暮らす意）」。カナダの最新鋭戦闘機は十分にはなく、アメリカから購入したわけですから、アメリカは私たちよりもその能力と弱点を熟知していました。カナダの飛行機は輸送と探査、救援などに向けられていました。米軍に対する相応の戦いが始められたとしても、結局は負けるでしょうし、二〇四〇年代には、アメリカの象に対して、カナダはネズミでした。唯一の選択肢は、カナダのためになることを上手にやることなのです。

これらすべてを念頭に、キャンベル首相以下オタワ代表団は、講和条件の協議のためワシントンへ赴きました。カナダ側は米軍の撤退と、その代わりとしてアメリカ人には、技能の有無にかかわらず、申請すれば共同市民権を与えることを提案しました。米国企業は、本国と同じようにカナダ国内に会社を設立できるのです。これらは特別な譲歩で、両国の力の差の現れでした。米国が好条件を受け入れないとは思えませんでした。しかし、アメリカには別の思惑があり、カナダ側の提案を拒絶し、戦闘が続くことになると言っても無駄でした。代表団のオタワへの帰国を認めました。そこから戦争の最終段階が始まりました。

カナダ東部の最も重要な三都市はモントリオールとトロント、首都オタワで、いずれの都市も米国国境から自動車で二時間とかかりません。メープル戦争計画では三都市の迅速制圧を計画し、確実に実行しました。ナイアガラ空軍予備基地のオーロラ機は三十分足らずで飛来し、トロントとモントリオール間のトレントン第八航空団を破壊しました。トレントンには飛び立てる戦闘機が一機も残りませんでした。米空挺部隊は両都市間の高速道路四〇一号線とモントリオールとオタワ間の高速道路四一七号線を閉鎖したので、両都市への兵力と物資の輸送ができませんでした。

装甲戦車の列がオンタリオ湖の西側をまわり、その際に戦力を喪失したカナダ軍から若干の抵抗を受けただけでトロントへ入りました。第一機甲師団も同様に轟音を上げながらモントリオールを素早く確保しました。もう一団が高速道路四一六号線からオタワへ入り、かなりの抵抗を受けました。政府には、戦わずして首都を明け渡してはならぬとの決意がありました。

オタワの戦闘は十一日間続きました。アメリカの戦力には勝てないと分かっていても、兵士たちは最後まで戦うことを選びました。カナダ兵は最後まで戦っただけでなく、民間人が、今世紀初めにアメリカがイランとイラク、アフガニスタン、リビア、ベネズエラで経験したゲリラ戦に立ち上がりました。双方に多数の犠牲者が出ましたが、米国は際限なく援軍を送り込めたのに、カナダはそれができず、結果は目に見えていました。

反乱を鎮圧すると、米国は条件を提示しました。米国はカナダ国内に米国が決めた複数の軍事基地を無期限に置くことを提案しました。双方が平和条約に署名するや、多くの米兵がカナダ内の基地に退きましたが、大部分は自国へ引き揚げました。同時に海上封鎖と鉄道閉鎖を終了しました。米国はすべてのカナダ国民にアメリカ市民権を与え、カナダも米国民に対して同じ措置を取りました。両国民はすべて二重の市民権を持つことになったので、入国制限はすべて撤廃されました。国境は州境間と同じように双方に開かれました。カナダ人は米国へ移動でき、アメリカ人はカナダへ移動できました。その後、意外な展開がありました。

十二カ月以内に、カナダ各州は米国の州になることを望むか否かを決める国民投票を実施することにしました。一回目の投票では、沿海諸州——ニューブランズウィック州とノバスコシア州、プリンスエドワード州——を除く全州が米国との合体を選びました。一年後、沿海諸州は二回目の国民投票を実施しました。今回は米国への合体に圧倒的多数で賛成しました。こうして二〇五〇年にはカナダは国家として存在せず、カナダ各州は米国の州になりました。

当然ながら、カナダ国民の間にはしばらく悪感情が残りました。今日でも旧世代の中には胸を痛める人たちがいます。ＣＣ－２７７グローブマスター（輸送機）の胴体に赤いカエデの葉が描かれた雄姿が忘れられないのです。同輸送機は平和のために世界各地を飛び回り、トレントン・カナダ軍基地で炎上しました。ですが、世紀半ば以降に生まれた人たちは、米国市民権以外には何も知らず、市民権を誇りにしています。

フレーザーさん、話を終える前に、私が調べたところ、二〇一〇年代、二〇年代に学者は地球温暖化の下でどの国がいわゆる勝者に、どの国がいわゆる敗者になるかを話していました。カナダについてはどうですか。カナダは勝者ですか、それとも敗者ですか。

そうですね、かなり複雑です。私たちは主権を失いましたが、米国の一部として豊かな生活を手にしました。私の同世代には大きな喪失だと言う人がいますが、若者はカナダの勝利だと言うでしょう。しかし、気温は相変わらず上昇し、以前の国境沿いの農家はもう赤色冬小麦の栽培では生活できなくなっています――栽培地域は数百キロ北へ移動し、さらに北へ移りつつあります。現在は元カナダ人の孫の世代――新米国人――になり、まもなく小麦を栽培しなくなるでしょう。

それにしても、勝者と敗者の概念はもうまったく意味がありません。あなたは他の取材の話や、地球温暖化で世界中が被害を被っている話をなさいましたね。カナダ、それにスカンディナビア諸国の中にも勝者を主張できる国があるかもしれませんが、唯一確かなのは来年、あるいは再来年は今年より暑くなり、今後もそれが続くという時に、なんと愚かで近視眼的なのでしょう。カナダの教訓、あるいは、今は中国の一州である小国アイスランドの教訓は、勝っているように見える国も、さらに強大な敗者による乗っ取りの的になり、最終的にはどの国も敗れます。勝者はありません。

青ナイルの流れは赤く染まる

ハイレ・モーゲス神父は、エチオピアの青ナイルの水源であるタナ湖のデク島にあるナルガスラッシー教会の司祭である。平和な場所らしく、教会名を翻訳すると「休息の三位一体(Trinity of the Rest)」となる。私はアジスアベバの同僚が島へ持ち込んだ発電機駆動の衛星テレビ電話を通じてモーゲス神父と話をした。神父はこの国の過去に詳しく、重要な出来事を教えてくれる。

神父様、エチオピアは歴史が長く、誇り高い国なのに、世界は貴国を忘れかけています。

世界から忘れ去られた国の、ほとんど知る人もいない湖の真ん中の島にいる私への取材に感謝します。私はもう外界との接触がないので、お話ができて嬉しいです。

エチオピアは世界最古の国に数えられます。歴史は紀元前一〇〇〇年ごろのメネリク一世の時代に遡ります。歴史家ヘロドトスは「エジプトはナイルの賜物である」と言いました。しかし、ナイル川のほぼすべての水源は私たちの土地にあるので「エジプトはエチオピアの賜物である」と言うべきであると、私たちエチオピア人は思っています。私たちのナイル川がなければ、遊牧民はエジプトの焼けつくような砂漠に住むしかありませんでした。

青ナイルはここタナ湖が水源で、エチオピアを流れ、スーダンのハルツームで白ナイルと合流します。ナイル川は全長六千六百キロ以上あって世界一長い川です。アフリカの十一カ国を流れています。しかし、最後の国がすべての水を取り上げました。普通、給水権を持ち、下流へ流す水量を決めるのは上流の国々です。エチオピアの場合、どうして逆になったのか。イギリスに尋ねてください。

一九〇二年、イギリスは独立した王国のエチオピアに水協定を受け入れるよう迫りました――このへんに資料が――ああ、ありました。こうです。「エチオピアの王の中の王である皇帝メネリク二世陛下は、英国国王陛下の政府に対して、英国国王陛下の政府およびスーダン政府との合意なしに、ナイル川への水流を阻止する恐れのある青ナイル、タナ湖、あるいはソバト川へのいかなる工事も行わず、または、許可しないことを約束する」。帝国権力の暴言でした。

その後、第一次世界大戦の結果、一九二二年にイギリスはエジプトの独立を認めました。一九二九年にナイル川流域諸国が川の水の配分ついて協議した際、イギリスはえこひいきしてその植民地――スーダンとウガンダ、ケニア、タンザニア――に対し、全給水権をエジプトへ譲渡させました。同協定は一九五九年まで継続し、同年に流域諸国は協定を改正してスーダンに約二四パーセントの水を与えることにしましたが、エチオピアの現状は変わりませんでした。協定は、上流諸国はエジプトの承認がなければ、ダムと灌漑設備、水力発電所は建設できないとする一九〇二年の条項の繰り返しでした。エジプトは、私たちの運命と私たちの未来に対する拒否権を握っていました。不公平ではありませんか。

一九五九年には、冷戦下で米国とソ連はアフリカの貧困諸国で代理戦争を行いました。スエズ危機の間に、ソ連はアスワンにナセルの巨大ダムを建設するエジプトへの援助を決めました。アメリカはエチオピアの水力発電ダムの建設用地調査のために開拓局の専門家を派遣してこれに報復しました。調査団はエチオピア国内の青ナイルで数カ所の適地を見つけました。ダムが出来れば、バルブを閉めるだけで、スーダンとエジプトへのナイルの流れを止められました。エジプトのアンワール・サダト大統領はその脅威から一九七九年に警告を発しました。「エジプトが渇水で死ぬのを待つつもりはない。我々はエチオピアへ行って死ぬ」と。サダト大統領はイスラエルとの緊張緩和を模索中で、ユダヤ人国家に恩恵を与えるべく、シナイ砂漠へナイル川を迂回させると約束していました。警告に応え、圧制者メンギスツ率いるエチオピアは、青ナイル川封鎖で脅かしました。危機でした。

もちろん、アフリカ最大の問題はつねに人口の多さでした。地球温暖化がなくても、過剰な人口が運命を決定して来ました。二〇〇〇年、ナイル川下流のエジプト、スーダン、エチオピア、ウガンダの四カ国の人口は合計一億八千八百万人に増えました。ナイル川は人口増加だけでなく、大気汚染と温暖化の早期の影響によってすでに問題を抱えていました。エジプトの人口だけでも六カ月で百万人増え続けていました。二〇四〇年には四カ国の人口は倍以上になりました。それほど人口が増えているのに、食糧は不足し、地球温暖化で水不足は一層深刻化しました。一人一人が以前よりも少ない食糧と水で暮らす必要がありましたが、それでも足りませんでした。

エチオピアはアメリカの技術者が一九六〇年代に推奨した数カ所にダムを建設しました。エジプトは棄権しましたが、「ナイル川流域構想」諸国はエチオピアのダム建設に賛成しました。タナ湖からはるか下流の、スーダン国境から僅か十五キロ南はナイル川の川幅が広がる場所で、そこに今世紀に大きくのしかかるダムを築造しました。「ミレニアムダム」となるはずでしたが、「大エチオピア再生ダム」と改めて命名されました。ダムがエチオピアにとってどんな意味があるかを表しています。このダムは百万軒分の電気を供給した上で、他のアフリカ諸国に売る余力がありました。おっしゃるとおり、おかげでついにエチオピアは地図に載ることになるでしょう。

建設予定地を調査し、二〇一〇年に設計図が出来ましたが、一カ月後の礎石を据える段階まで計画は秘密厳守とされました。エジプトの反応が想像できます。新しいダムを建設しても余分に水が湧き出るわけではありません。それは天のなせる業です。新ダムを満水にするには下流への流水を抑える必要があります。つまり、エジプトはすでに激減していた川の水量を、生命の血を、減らされるということでした。これについてエジプト大統領は二〇一九年に「ナイル川は死活問題であり、エジプトの存亡に係る問題だ」と国連に訴えました。これは国家が国民に戦争を覚悟させようとするとき使われる言葉です。

大プロジェクトの例にもれず、ダムは計画より資金も期間も掛かりましたが、開設に漕ぎつけ、大々的な祝賀会が挙行されました。貯水には極力時間をかけ、エジプトへの流れを必要以上に止めないと約束し、合意形成を守りました。しばらくはその通りにいきました。ところが、二〇四〇年代になると、地球温暖化でナイル川の水量が減り、エジプトへ従来通りの水量を維持すれば、貯水量と動力タービンを通過する水量が減って、発電量とその売却が減ることになりました。発電できなくなる時が来るかもしれませんでした。そこで、協定には違反しますが、下流への流れを抑え、その量をどんどん増やし始めました。エジプトは最後通牒を発しました。スーダン以北の青ナイルと白ナイルのすべてのダムの水門を開かなければ、それを戦争行為と見なして必要な行動をとると言うのです。ナイル川流域諸国は軍を動員して、軍事演習を始めました。

上流の九カ国が気づかないうちに、最下流のエジプトとスーダン両国はナイル川に関して戦争になった際は助け合うことを秘密裏に合意していました。両国はスーダン国境に軍を集結し、中間地帯を挟んでエチオピア軍と対峙しました。ウガンダはエジプトとスーダンからの差し迫った侵略に応戦するため、エチオピア軍指揮下の援軍を送りました。

二〇四〇年五月十五日の夜、エジプト軍の奇襲部隊がスーダンとエチオピアの国境を越えて「大エチオピア再生ダム」を爆破し、大量の水が一気に下流へ流れ出し、そのほとんどが地中海へ流れ込みました。エチオピアと他のナイル川流域諸国はただちにエジプトとスーダン両国に宣戦布告しました。エチオピアはこの百年間にイタリア、ソマリア、エリトリアなど対戦相手を見つけ次第ほぼ間断なく戦っていたので、勝利を確信していました。私たちは基本的に戦闘国家になっていました。エジプトとスーダンは軟弱で相手になりませんでした。その考えは長続きしませんでした。

イランや北朝鮮、パキスタンのような国々は核兵器廃絶への取組みを表明していましたが、実は早急に核兵器を製造し、闇市場で買える国や団体に売却していました。北朝鮮は顧客の注文どおりの兵器を設計するでしょう。ウランかプルトニウムか、戦術兵器か戦略兵器か、何キロトンにするか、エア・ブラスト（訳註　圧縮空気を噴射する装置）かインパクト・トリガード（訳註　衝撃で引き起こす）か――何でも顧客の注文に応じています。エジプトは北朝鮮から原爆を数発買い入れ、緊張が高まるにつれて、燃料を注入した爆撃機に搭載した核兵器を多数所有しており、東アフリカの全首都を破壊できると表明しました。エジプトはエチオピアとスーダンの降伏を要求し、応じなければ、アジスアベバとカンパラを皮切りにその主都を次々に破壊すると脅しました。

アメリカの歴史を顧みれば、二十世紀の対日戦争末期、日本を爆撃するのではなく、新兵器の威力を見せつけるために原爆を投下するべきだと多くの人が考えていました。しかし、そうせずに広島と長崎を破壊しました。

エチオピアがエジプトの威嚇をあざ笑うと、エジプトはかつてエチオピア領だった紅海上のダクラク諸島のエリトリアン島に一キロトンの戦術核兵器を落として威力を見せつけました。空中爆発で島と多数のエチオピア人を含む三千人の住民が全滅しましたが、放射性降下物はほとんどありませんでした。エチオピアは丸二日喚き、罵りましたが、原爆を所有しておらず、エジプトはさらなる原爆を準備中との情報がありました。エチオピアとウガンダはエジプトとスーダンに降伏し、戦勝国軍はすぐに敗戦国を占領し、戦勝国の技術者がエチオピアのダムと発電所を取り仕切りました。

平和な時代には、ほんの僅かでも核戦争の脅威があれば、国際的な非難を浴びて諸国間で平和的解決が懸命に模索されたでしょう。しかし、この時には国連と国際原子力機関（ＩＡＥＡ）は存在していませんでした。もう国際的な平和維持勢力はありませんでした。米国は世界の警察として行動できる状態ではありませんでした。どの国も進んでアフリカの角（アフリカ北東部）の貧困国を助けようという気はなかったのです。とにかく、遠隔地で二、三の戦術核兵器が使用された戦争は、放射性降下物が地球規模に広がる危険はありませんでした。ですから、世界は知らん顔で、東アフリカに自力での後始末を任せました。ナイル川戦争は二十一世紀の世界秩序崩壊の真の代価を明らかにしました。ならず者国家が好き勝手に振る舞うのを止める者はいませんでした。

私たちはエジプトがエチオピアを植民地にすることを恐れましたが、エチオピアが再び水門を閉めないようにダムと発電所の現場に守備隊だけを残し、軍の大半を引き揚げました。そのときエチオピアには飢餓が蔓延していたので、正気で問題を背負い込もうとする国があるでしょうか。

今世紀初めには、エチオピアは国内および輸出向けに小麦とメイズ、大麦、ソルガム、キビ・アワを栽培していましたが、国民の半数は栄養不足の状態でした。テレビに映る顔がエチオピア人の顔でした。コーヒーは世界的に有名でしたが、国際貿易の崩壊で海外市場の販路がなくなり、人々はコーヒーがなくても生き残れます――贅沢と、贅沢を味わう時間は過去のものになってしまいました。気温上昇と給水量の減少で、エチオピアのみならずサハラ以南のアフリカ各地に飢餓が拡大しました。

地球が暑くなるのを傍観し続けた人たちが、エチオピアの破滅を決定的にしました。彼らは一九三〇年代の我々の偉大な指導者の言葉を胸に留めておくべきでした。両親からハイレ・セラシエの名を聞きました。曰く「歴史上ずっと、動けたはずの人たちが動かず、識者は無関心で、大事なときに正義の声が発せられなかった。それが悪の勝利を可能にした」。

第六部

ファシズムと移住

米国第一主義《アメリカファースト》

シンクレア・トーマス教授は二十一世紀ファシズムの研究者である。私は米国オンタリオ州トロント市の自宅を訪問した。

トーマス教授、世紀の変わり目に二十一世紀ファシズムのような話はおかしな気がします。マルキシズムと同様、無用で失敗した政治制度の数々とともにほぼ消えたと思っていました。

確かに、ファシズムの復活は、今世紀初めには誰も予想しなかった出来事の一つです。しかし、二〇二〇年になって言えるのは、当時から始まっていた反移民感情の高まりの中にファシズム復活の可能性の芽生えが見えました。飢餓と渇水、気候変動による難民など、失うもののない大量の難民で溢れるとの予想から、多くの富める国々は国境と自国を守るために、強い指導者に、そして、最終的にはファシズムに目を向けました。もちろん、そのとおりにはなりませんでしたが、いったんファシストが権力を握ると、革命や戦争に及ばないわけにはいかないことを証明しました。

ネオナチズムの起源は今世紀初めの十年にあると考えられ、その時は世界中で合法と不法両方の移民が増大していました。米国にはメキシコ人、ドイツにはトルコ人とクロアチア人、イギリスにはパキスタン人とインド人といった具合です。二〇二〇年代には、多くの先進諸国に激しい反移民運動が出現しました。高温と旱魃が穀物の不作と飢餓の拡大を招くにつれ、行き場を失った気候難民が急増しました。富める国々は抵抗し、反移民運動が高まりました。

その脅威は比較的豊かな国と貧しい国が国境を接するところで最も高まりました。米国とメキシコ、インドとバングラデシュ、リビアとニジェール、エジプトとスーダン、南アフリカとモザンビーク、南北朝鮮、ブラジルとボリビアなどです。それに、間を隔てるのが地中海という狭い海域のみのスペインとモロッコもです。各両国の裕福な方の国では、既存の政党が無視できないほど国家主義的、反移民の考えが強まりました。政党の綱領は極右に傾き、アメリカなどの国では新政党が既存政党の脅威となりました。

私たち元カナダ人は例外であり、国境を接するのは米国だけだからです。カナダ入国を希望する移民は飛行機でしか来られず、人数を制限できるので、カナダはつねに移民には友好的でした。私たちは、米国の誤った南のメキシコとの国境管理政策に注意していました。この二、三十年に密かにカナダへ入ろうとするアメリカ人が不法移民であるとは想像もしませんでした。

今世紀初め、ファシズム復興の可能性は、ほとんどの学者や政治家には悪い冗談に思えました。個人や政府にファシストのレッテルを貼るのは最大の侮辱です。しかし、二〇四〇年代には「独裁国家連盟」は誇らしげ気にファスケスの記章を胸につけました。ファスケスとは束ねた棒で、古代ローマ人の権威の象徴であり、一九二〇年代、三〇年代のムッソリーニ支配下でのイタリアのファシストの象徴でした。

世界的なファシズムの勃興は、ひと言では言えない重大なテーマです――私のものを含めいくつもの著書があります――ですから、ここ北米で起きたことを中心にお話しします。ファシズムが民主主義下でもいかに高まるかを立証しています。一向に驚くことではありません。一九三〇年代初頭のドイツは民主主義でした。

当初、この動きは国民の団結と誇り、雇用機会、文化的独自性に訴えましたが、そのどれもが今世紀初めの二十年間に重大な政治問題となった反移民感情を刺激しました。カリフォルニア州やテキサス州などの州経済は移民の労働力に依存するようになっていましたが、右派政治家や識者、多方面の扇動家はメキシコ移民を悪魔に仕立てました。アリゾナ州などでは、警察官に不法入国者の疑いのある者に対して――疑いだけで、相当な理由がなくても――身分証明書の提示を求めさせる、ゲシュタポの戦術もどきの法律を制定しました。このような反メキシコ感情が国境の壁をつくり、国境沿いに多額の費用がかかる無益な対策を取らせました。

その結果三つの事態が生じました。第一に、メキシコ人の感情を傷つけ、二国間関係の崩壊を危ぶむほどの反感が生まれました。第二に、メキシコ人は巧みにずる賢い方法で米国に入ろうとしました。第三に、壁は移民排斥には効果が薄いと知ると、アメリカ人扇動家はさらに怒って声高になり、支援者も増加しました。ファシズムには敵が必要で、それは一見危険に見えて、実は国家権力に比べれば無力に近い存在です。メキシコ人はその条件にぴったりでした。

初め、移民反対派は共和党を本拠に定め、ドナルド・トランプ氏を選挙で三回応援しました。しかし、運動が声高になり、過激になるにつれて、二〇二〇年代末に移民反対派は分裂してアメリカファースト党ができました。この名前は、日本の真珠湾攻撃の数年前に、飛行士のチャールズ・リンドバーグが率いた孤立主義者の運動から取っています。二〇二八年の選挙では、国民は共和党が地球温暖化の科学的事実を何十年も否定して無策だったと非難して、同党から離れ始めました。三〇年代に共和党は事実上政治の舞台から姿を消しました。

二八年の選挙では、アメリカファースト党はアメリカ史上どの少数政党よりも強さを見せました。ナショナリズムに訴え、反移民を唱える同党の主張は露骨になっていき、分別ある人間には、同党が、対象不特定の大胆な反移民政策を支持することがはっきりしました。記録的な少数政党投票になり、民主党を含む二大政党は、終始国旗にもたれ、聖書を振り回しつつも反移民に傾きました。

世論調査では、次回選挙では、アメリカファースト党のジャレド・ブキャナン候補が大勝利するという結果になりました。共和党も民主党もすぐに襟バッジをアメリカファースト党のボタンに換え始めていました。共和党は科学的証拠がもっと必要と言っただけであると、地球温暖化の否定を翻えそうとしましたが、誰も騙されませんでした。

二〇三二年、ブキャナンは選挙で地滑り的勝利を得、アメリカファースト党は上下両院で拒否権行使に対抗できる多数を占めました。しばらくすると、ブキャナンの写真は（大統領の写真が飾られるのは恒例）政府系の建物だけでなく、会社事務所や家庭、学校にも飾られました。ボタンはどこでも目に入りました――学童も付け始めました。アメリカファースト党の敬礼――右手の握りこぶしを胸にあてる――が握手に代わり始まりました。

新議会を通過した最初の法案の中に「アメリカファースト法」があり、すべての不法移民の追放を求めていました。すべてのアメリカ国民は身分証明書を携行し、求めに応じて提示する義務を負いました。

証明書類なく移民を雇用した事業者は、刑務所行きと多額の罰金が科される恐れがありました。市民権のない人々は、人身保護令状の権利なしと見做され、裁判を待たずに即追放になりました。IDカードを所持せず、現場での十五分間のDNA検査によりメキシコ系であると判明すれば、数日内にメキシコへ送り返されることになり、快適な旅ではなくなりました。政府は鉄道会社を国有化し、身分証明書のないメキシコ人を集めて鉄道車両でメキシコへ送り返しました。途中で命を落とす者が少なからずあり、死ななかった人たちは国境の難民キャンプで衰弱し、メキシコ政府の支援もなく、そこで大勢が亡くなりました。百年前にアウシュビッツの入口で起きたように、食べ物を乞う栄養失調のメキシコ人や、キャンプ入口で子供と引き裂かれる両親の悲惨な写真が知られるようになりました。

アメリカファースト法は、米国から不法移民をなくすことが目的でしたが、最も過激な党員の怒りを和らげられませんでした。カリフォルニア州と南西部地方、テキサス州では水不足が深刻化し、気温上昇で畑の穀物が枯れ、地球温暖化の影響を感じ取っていました。不法移民はほとんど姿を消したので、党指導部は新しい非難の対象を見つける必要がありました。メキシコ系住民以外に誰がいるのか。ここから一九三〇年代のニュルンベルク法を手本にしたアメリカンズオンリー法に行きつきました。同法は国民を人種別に類別し、かなり複雑なので、政府は、茶色と白と黄土色の円を使った英語とスペイン語の説明図を発行する必要がありました。曽祖父母の四人全員が「アメリカ人の血」(白い円)ならばアメリカ人に類別されました。曽祖父母の三人か四人がメキシコ人(茶色の円)の場合はメキシコ人でした。一人か二人メキシコ人の曽祖父母を持つ人は混血(黄土色の円)になりました。

意外にも、不法移民の追放は、アメリカファースト党員にとって事態を悪化させただけでした。彼らは国の病根に対する非難を利用できなかっただけでなく、下賤な低賃金労働をする者がいなくなったのです。カリフォルニア州とアリゾナ州、テキサス州の畑ではイチゴとレタスが腐りました。南西部地方のレストランは閉店を余儀なくされました。学校はからっぽになりました。ゴミがオフィスビル内に山積みになりました。差し迫った経済破綻はやがて現実となりました。

アメリカファースト党の指導部は、政府がメキシコ人の財産を没収し、メキシコ人事業主を追い出すことで、彼らが従事していた事業が開業され、アメリカ人がそこに入り込んで引き継ぐことを前提としていました。しかし、二〇三〇年代末のこの時点では、米国経済は――従って、世界経済は――かなり不景気だったので、廃業となった事業を引き継いでも儲かるほど利益は出ないと考えられたのです。その上、そんな時代でも、かつて移民が従事していた単純労働に就労しようとするアメリカ人はほとんどいませんでした。

目に見える敵はなく、アメリカ経済は破綻し、二〇四〇年代に人心はファシズム印のアメリカファーストから離れました。必ずしも他党へ移るのではなく、国民が関心を失い、票の意味が見失われたからでした。アメリカファースト党の候補者が出馬した二〇四四年の最後の選挙では、投票したのは有権者の僅か一九パーセントでした。今日では、当然その割合はもっと低くなっています。残念ながら、真の民主主義でない国々では、ファシズムがまだ続き、最終的に、人々は自分の生き残りに集中せざるを得なくなるため、少数派や移民の非難に費やす時間がなくなってファシズムもまた人気がなくなりました。

今日、世界のほとんどの地域では政治が意味をもたなくなっています。過去の指導者らが人間性に背いてこの世の終わりを近づけたのに、なんでわざわざ投票までしますか。

悪しき防壁、悪しき隣人

ハウル・フエンテス氏は、米国とメキシコとの関係悪化前の最後の駐米大使だった。フエンテス大使、アメリカ・メキシコ関係が破綻した経緯をお聞かせください。

米国駐在中は毎日英語を使っていましたが、数十年経ち、英語が下手になっていたらどうぞお許し下さい。私たち外交官には、英語は第二言語です。かっこよく見せようと仲間内でも英語で話していました。昨今、自尊心の強いメキシコ人は、死んでも英語を話したくないでしょう。ですから、私が英語をだいぶ忘れてしまっていたらお許し下さい。

近さは友情を育みますが、国家関係では敵対心が生まれることにもなります。ある米国の詩人は、良き柵が良き隣人関係をもたらすと言いました。もちろん、米国が最悪といえる壁を建設するだいぶ前のことです。アメリカ・メキシコ関係は両国の歴史を通じて友好と敵対を行ったり来たりしてきました。しかし、奇跡的ですが、戦争は一八四六年の一度きりでした。残念ながら、メキシコは、当時も今も、米国の相手ではありませんでした。

米国西部が未開拓地の頃、アステカ文明が栄えていました。米国の大河コロラド川の川下にあることが私たちの運命であり、不幸でした。コロラド川は米国に移民がやって来る遥か以前にスペイン人が名付けました。メキシコのある指導者が上手に表現しました。「あわれメキシコよ、神からは遠く、米国にあまりに近い！」と。コロラド川がメキシコから北へ流れて米国へ入り、メキシコが米国の上流にあったら、歴史は大きく異なり、メキシコに有利となっていたでしょう。

コロラド川は数百万年間、南と西へ流れ、カリフォルニア湾へ注ぎ、大きな三角州ができました。メヒカリとカレヒコ付近で灌漑が始まるまで、川から水を引く必要はありませんでした。メキシコが水を引き始めるや、米国は川上にいる者の権利を行使して水を囲い込みました。フーバーダム建設後、神がメキシコに与えていた一〇〇パーセントのコロラド川の水を、寛大にも一〇パーセント認めると法令で定めました。私たちはどうすればよかったのでしょう。〈半分でも無いよりはまし〉ということです。旱魃の際には、メキシコへ約束した給水量を米国の各州で分け合うと法律で定められました。しかし、メキシコは、合意は試されるまで単なる紙の上の文言にすぎないことを知っていました。旱魃になれば、取り決めがどうあろうと、支配下の水を守ることを歴史は教えています。メキシコの貧困者を悪魔視する米国の偏見からして、態度を豹変させたと考えざるを得ませんでした。

今世紀初め、米国はコロラド川の水の自国の取り分を全部利用していました。依然として西部の都市や町は急激な成長と開発が続いていました。こんな諺があります。「最善を望み、最悪に備えよ」です。北側の米国では諺の前半しか活用できませんでした。川の年間水量の二、三年分が貯水されているから旱魃を乗り越えられると考えました。ある日、旱魃で貯水が空になるとは考えなかったか、考える余裕がありませんでした。

米国は、二〇三〇年代まで、メキシコに流水量の一〇パーセントを与えていました。その時は地球温暖化と人口増加で貯水ダムの水位が低くなっていましたが、メキシコは水の取り分を送り続けるよう要求したのです。川の割当てを求めたのはメキシコだけではありません。米国の先住民の膨大なナバホ族も給水量増加を求めて訴訟を起こしました。米国は難しい選択を迫られました。米国は下流へ、そして国境の南側へ水を流し続けられましたが、インペリアルバレー（訳註　カリフォルニア州南東部の灌漑農耕地帯）のアルファルファ栽培農家への、そして、いずれ諸都市への給水を止めなくてはならなくなったでしょう。つまり、自国民の鼻先で給水を取り上げて、メキシコ人と先住民に与えなければならなくなりました。まさに「見込み薄」ですね。そこで米国は「当面」国境外への給水を中止して、水がもっと利用できるようになったら復旧すると表明しました。その時でさえ、米国の政治家は地球温暖化の現実を否定しました。

私たちはもちろん「当面」がいつまでか分かっていました——二十三世紀ではないにしても二十二世紀のいつかであり、そんなに長く待てるわけがありません。コロラド川の水がなければ、すでに気温上昇で危険な国境周辺のメキシコ農業は破滅し、大勢の農業従事者は仕事を失い、国民は飢えてしまいます。世紀末までこの調子だと、生産が減って農業からの歳入がなくなるだけでなく、飢饉が現実味を帯びてきました。

アメリカが人々の北への越境を防ぎたいか、南への給水を避けたいときは、壁かダムを建設し、それに対してあえて何かをさせました。米国は私たちメキシコ人を完全に無視していました——あなた方と同じ人間であり、アメリカ人は運良く砂の中の線の一方に、メキシコ人は運悪く反対側になったのです。米国は意図的な人種差別主義者ではないかもしれませんが、現実にはそうなのです。意図の有無は重要ではありません。

しかし、私たちにも対策がないわけではありませんでした。〈臆病者は何度も死ぬ〉と言いますが、メキシコ人は臆病者ではありません。両国間の水協定はコロラド川に関してのみならず、リオグランデ川のメキシコの支流から毎年十万エーカー・フィート（訳註　貯水量や流水量を表す単位。一エーカーの面積を一フィートの深さで覆うのに必要な体積。一エーカー・フィートは約一二三三万立方メートル）

を米国に送ることになっていました。米国がコロラド川の流れを止めれば、メキシコはリオグランデ川で同じことをしました。

外交努力での解決が見えなかったので、唯一取り得る行動に出ました。二〇三二年に、米国が協定の水量と水質の両条項に違反したとしてハーグの国際司法裁判所に訴えたのです。ワシントン駐在の私も対立に深く巻き込まれました。その時には、国連は年を追うごとにその重要性を失いつつあり、また、裁判はメキシコに有利な判決となりましたが、強制力はありませんでした。米国政府はもはや国際司法裁判所を認めないと表明しました。国連安保理は米国に対し、コロラド川の水流を元へ戻し、メキシコへ補償を要求する提案に投票で決着をつけましたが、米国は拒否権を行使しました。アメリカは、メキシコのメヒカリとカレヒコの農業地帯が不毛の砂漠になるまでコロラド川の流れを封鎖し続けました。今日、メヒカリの畑で育つタマネギやアスパラガス、ビート、レタスを覚えている人はほとんどいません。それらの多くは米国へ輸出されていました。

メキシコは、リオグランデ川の水を止めるほかに、自分たちが持てる数少ない手段を行使するしかありませんでした。米国のフェニックスとラスベガスは海水から遠く離れていますが、メキシコ領内のカリフォルニア湾に淡水化施設を建設することになっていました。米国は施設で淡水化された水をメキシコに与え、メキシコは協定上の川の水の割当て分を米国に与えることにするのです。二〇四五年には二施設が操業しており、さらに二カ所を建設中でした。各々約十五億ドルの費用がかかりましたが、〈水は命です〉から、喉がひどく渇いている人間にはいくら掛かっても安いものです。米国政府がメキシコに対しコロラド川の流れを止めた後、米国に与える川の割当てはありませんでした——貴国がすでに取ってしまっていましたから。取り決めに違反していたので、メキシコもそれを守る必要がなくなったと考えて淡水化施設を国有化し、精製される水を全部我が国のものとしました。米国と同じように施設の操業ができることになりました——すでにしていましたけどね。これに対し、米国は国内のメキシコ資産の凍結で対応しました。メキシコは国内の米国工場のすべてを国有化し「米国・メキシコ・カナダ協定」（新NAFTA）から離脱しました。

米国の全体主義的政策方針の一つの主要項目は、米国はメキシコ人不法移民だけでなく米国の人種同一性基準に合致しなかった合法移民全員を追放するというものでした。メキシコ人を検挙して国境近くのキャンプに移送し、送還の手続きがとられます。米国のばかげた国土純度局とファシスト扇動政治家は、それがいかに大きな仕事になり、副作用を生むかを理解していませんでした。当時、米国にどれくらい不法移民がいるのか皆目分かりませんでしたが、カリフォルニア州だけでも推定五百万人いると言われました。当初、数万人が検挙された後、国境のキャンプは赤痢とコレラ、チフスが蔓延しているとの噂が広まりました。カリフォルニア州とテキサス州に残る数百万人のメキシコ人は、キャンプでの大量死を聞き及び、自分と家族が助かる道はキャンプを避け、自力でメキシコへ帰ることだと考えました。メキシコ人たちは出国するために情報網を張り巡らせました。暗号は *Salsipuedes*〈可能なら逃げろ〉でした。一斉検挙の開始から六カ月内に推定二百万人のメキシコ人とその家族が、運べるだけの荷物を携えてカリフォルニア州の道路に溢れました。テキサス州では百万人が移動中でした。米国内のほぼ全州でこれに続きました。カリフォルニア州では一般道路と高速道路がたちまち渋滞し、歩く以外にはどこへも行けませんでした。危機が高まったとき、米国の州兵とメキシコ軍の軍隊はどちらも国境全域で睨み合い、いまにも戦争が起きそうになりました。しかし、追放された人たちを救うには手遅れでした。米国内のキャンプでは数十万人のメキシコ人が命を落としました。メキシコ国内でも同様です。メキシコは、絶望した難民を助ける力が米国より劣っていたからです。

さて、私は悲しくてもう続けられなくなりました。お詫びいたします。年寄りには思い出すのがたいへん辛い。失礼いたします。

第七部

健康

死の世紀

シャルル・ブロック博士は「国境なき医師団」の団長だった。ジュネーブの自宅で話を聞いた。

ブロック博士、今世紀に地球温暖化は健康にどのような影響を与えましたか。

熱の世紀とか、火の世紀、洪水の世紀など、人はいろいろ申します。私は死の世紀と呼びます。私は医師であり「国境なき医師団」以外では仕事をせず、二〇七〇年に現役を退くまで世界各国の最前線で働いていました。私は地球温暖化が人間の健康のほぼあらゆる面でどれほど有害であり、大勢の生命が失われたかをこの目で見て参りました。

今世紀初めから、温暖化で健康が危ないと思っていました。二〇一〇年代、二〇年代にそれを立証するたくさんの報告書がありました。しかし、私たち医学の専門家でも事態の深刻さを軽く見ていました。

地球温暖化による酷暑で亡くなる人が増えるのは確かですが、寒冷のために死ぬ人は多くないと考えられました。この二つは均衡せず、寒冷から救われた人より、遥かに多くの人が酷暑で亡くなりました。今世紀初頭、場所によっては既にかなり高温になっていて、それ以上暑くなると数十万人が死ぬことになりました。二十世紀ではプレモンスーン（訳註　三月～五月。インドでは雨季に入る直前の五月の平均気温が一年で最高になる所が多い）の夏の数カ月には、インドのインダス川とガンジス川の平野の高所と、パキスタン、バングラデシュは四十五度になることが度々ありました。今日では、そういう高所では五十一度になることがざらで、さらに高温になることすらあります。地域一帯はほぼ農村で、人々は空調や、扇風機を回すのに必要な電気さえ使えない状況下です。そういう地域では、猛暑関連の死が急増しました。都市では昼間に金属や、アスファルト、コンクリートが熱を吸収して、夜間に熱を放出します。地球温暖化が深刻化する前は、典型的な都市は周辺部より気温が数度高かったものでした。世界が暑くなるにつれて都市は一層暑くなり、とくに夜間が暑くなり、発展途上国では多くの人たちが危険になりました。

二〇〇〇年に、世界保健機関（WTO）は、気温が一度上昇すると死者が毎年三十万人増加すると予想しましたが、現在は地球温暖化でその四倍になりました。大雑把な推定では、今世紀後半には、毎年、二十世紀末の平均より五百万人から六百万人多くが暑さの直接的な影響で死んでいます。しかし、死者数は増加中です。その後も増加し続けています。

栄養不良はもう一つの殺人鬼でした。今世紀初めには、毎年少なくとも三百万人の子供が栄養不良で死にましたが、食糧生産が僅かに減っただけでも、死の危険に晒される子供の数が増えます。地球温暖化で栄養不良がさまざまな形で悪化し、そのいくつかは予見できていました。今世紀の進行とともに異常気象が当たり前になりました――暑さと降水量――農業地帯のどこかでは浸水し、どこかでは渇水に見舞われています。今世紀半ばに輸送システムが崩壊し始め、産地から市場への輸送が次第に難しくなって行きました。気温上昇とともに多くの地域では害虫の被害が急増しました。昼間はほとんど畑で働けないので、暑さのため食糧生産は減産となりました。昨今では、栄養不良で毎年一千五百万人から二千万人が命を落としているようです。

さて、病気についてお話ししましょう。「気候変動に関する政府間パネル（IPCC）」と、世界保健機関などが温暖化の疾病への影響を明らかにしようとしてきましたが、未知のことが多すぎてたいへんでした。マラリアを例にとります。二〇一〇年代には毎年二億人以上がマラリアに罹り、約五十万人が死に、その九割はアフリカです。当時、温暖化がなくても、マラリアの危険に晒されている住民は二一〇〇年までに二倍になると言われており、温暖化とともに死者数はさらに増えました。病気を媒介する蚊は、繁殖に適する気温変化の幅が小さいのです。少し寒くなると成長が阻害されるか、死んでしまいます。少し暖かくなると、勢いを増しますが、適温以上に温度が上がると繁殖できずに死に絶えます。こういうことで相殺されると思うかもしれませんが、追加要因として、温度が上がると、以前は蚊にとって寒すぎた地域がそうでなくなってしまいました。さらに、そういう地域の住民は病気への抵抗力が弱く、罹りやすかったのです。ですから、地球温暖化が原因で予想以上にマラリアによる死者が増えました。

マダニも死の原因となる害虫であり、温度にかなり左右されます。マダニの一生は複雑ですが、後から考えると何だったのか分かります。まず、マダニは危険なことを覚えておきましょう。マダニは種類が多く、どれもライム病や野兎病、ロッキー山紅斑熱（リケッチアによる感染症）、コロラドダニ熱などを媒介します。気温上昇で、マラリアのように、病気を媒介するマダニは、以前は寒すぎて生きられなかった地域で拡大します。以前はいないと思われていた元カナダ諸州を汚染し、さらに北上しています。南の方ではいなくなりましたが、個体数と感染数は純増しました。

戦争は直接、間接に健康問題であることは確かです。無数の生命が犠牲になり、インド・パキスタン戦争では広大な地域に人が住めなくなりました。「国境なき医師団」がまったく予想しなかった戦争に係る一つの脅威は、数百万人もの気候難民の健康悪化であり、難民は衛生環境が悪く、食べ物、水、医療などが十分ではありません。私たちの調査では、全体主義的政府は国外退去処分を受けた大勢の人を国境の劣悪なキャンプに閉じ込めると予想したのでもないし、全世界的な洪水による赤痢やコレラ、黄熱病、チフスなどへの影響を考えたのでもありません。さらに、例えば、アメリカ南西部や、サハラ砂漠とスーダンのサバンナとの間のサヘル地域、中国の一部などはひじょうに乾燥してきて、地面は風で吹き払われ、飢饉になり、風下の住民にひどい呼吸器疾患が見られると予想したのでもありません。インド・パキスタン戦争での被曝でパンジャブ地方一帯に数十年間死の恐怖を広げたことでもでもなかったのです。とくに全体主義国家では高齢者の死亡率が上昇しており、高齢者の安楽死を始めました。ですから、今世紀初めの将来の健康不安と大量死予測がなぜそんなに低かったのか、お分かりですね。

「国境なき医師団」や「赤十字」などの機関は善意の寄付に頼りました。今でも多数の善意が寄せられますが、最もふさわしい慈善団体にさえ寄付できる人は僅かです。何であれ、最も必要なのは自分の家族を支えることです。縮小する財源と増大する健康危機が結びついて「国境なき医師団」も「赤十字」も今世紀中には消えてなくなるでしょう。

これはやや殺伐とした数字の話に見えたかもしれません。だとすると、私は人類史上最大の健康危機の衝撃を伝え損ねました。私たちは膨大な数の人間の生命について話していますが、数ではなく、個々の男性、女性、とくに子供たちのことです。二〇四〇年代にメキシコのモレロス州の「国境なき医師団」の病院に配属されていたときに起きた、忘れられない一例をご紹介したいのです。暑いさなかの七月のある日のこと、お昼頃に道路わきに置き去りにされていたとして十歳の少女が運ばれてきました。少女の名前を知っている者はおりませんでしたが、米国から国外退去処分を受けたのだと思いました。重症のマラリアを患い、診察を始めた直後に私の腕の中で亡くなりました。次の仕事は死亡診断書と死因の記載でした。マラリアの他にも栄養不良で飢餓の一歩手前の状態であり、ひどい脱水状態、高熱、全身にマダニや蚊に刺されたあとが残り、両脚は赤痢による下痢で汚れていました。ですから、どれを死因とすべきだったでしょうか。私は顔をそむけて何かを走り書きし、頭の中で根本的な死因を思いながら次の患者に移りました。それは地球温暖化を止め、この少女や無数の人々を救うために何かできたはずなのに、問題にかかわるのを忌避した人たちの犯罪的な無関心でした。

尊厳死

本日の私の訪問はマーガレット・サンドリン博士である。博士は一九九〇年代に創設されたオレゴン州の非営利団体「尊厳死」の元常務理事である。

サンドリン博士、「尊厳死」の発端と今世紀における発展の経緯をお聞かせ下さい。

始めはオレゴン州でした。それは、同州が医療による死の幇助を立法化した世界初の州であり、自治体だったからです。ヴィクトル・ユーゴーは「世界のすべての軍隊を合せたより強いものがあり、それは最後を迎えたいという思いである」と述べています。私たちは、生きる辛さに耐え切れなくなったとき、合法的な医療幇助を得て生命を終わらせるべきだと考えていましたし、今もそうです。もちろん、私たち独自の考えではありませんが、私たちは初めてそれを主張した団体の一つであり、公共政策として守り抜きました。

死の幇助には議論の余地があると言うのは、途方もなく控え目な表現です。今世紀の初めにジョン・アシュクロフト検事総長は連邦麻薬取締官を使って、終末期の患者が死ぬのを手伝った医師団を起訴しようとしました。この事件は私たちにとっては都合よく最高裁まで行き、六対三の評決で検事総長の行為は越権であるとの判決が出ました。そこで私たちの大義を他州にも広げた結果、二〇二〇年にはオレゴン州とカリフォルニア州、バーモント州、ワシントン州で死の幇助が可能になりました。

　強調したいのは、スタート以来、医学的に末期と診断された疾患については、医師の幇助で命を終えられるべきと主張したことです。もちろん「末期」と「疾患」は定義づけ次第であり、両者とも変わろうとしていました。

　二〇二〇年代、三〇年代を通して私たちは一州毎に成功を収め、組織は拡大しました。二〇四〇年ごろには、南部諸州の団員と医師たちは、特徴ある人物像を示さない患者を見かけるようになりました。患者は自ら出向き、心理学者からの紹介状を手にしていました。この時代に生まれていなかった若い読者のために背景を説明します。

　学者は昔から自殺――ここでは医師の幇助なく自ら命を絶つ人たちのことをいう――の比率が気温と結びついていることに気づいていました。二〇四〇年代半ばになると、最南端部では夏の熱波が長びき、さらに高温になりました。高齢で虚弱な人々、つまり、介護施設や養護施設にいる人々には辛くなりました。最初にこれに気づいたのはフェニックスでした。電力不足のためにエアコンを長くつけられず、水不足でもありました。フェニックスの猛暑による死亡は、とくにストレスに対する抵抗力が弱い高齢者の間で増えました。強烈な熱波の後、フェニックスの葬儀屋は手に負えないほど仕事が増えました。

　二〇四五年に、フェニックスのある医師が私たちの事務所を訪れ、患者の一人で九十五歳の衰弱した婦人についての悩みを訴えました。この婦人は末期症状とは診断されていませんが、絶え間ない熱波で、寝たきりの人を楽にさせられず苦労していました。その医師は、次か、その次の熱波が来れば、この患者は心臓発作で死ぬだろうとの診断書を提出しました。言い換えれば、その医師は、当の婦人は確実に末期であることを示す症状があったとの見解を述べていました。医師は婦人の家族の許可を得て、これ以上の苦痛を与えないために死を早めようと覚悟しましたが、精神的支えと、さらに、必要とあれば「尊厳死」の法律上、および財政上の支援が欲しかったのです。私たちは、約束はしませんでしたが、彼はとにかく行動に出ました。医師は逮捕され、医療過誤で有罪となり、医師免許を失いました。私たちの団体では、これまでにないほどの長く難しい議論の末、役員会は彼の有罪判決の控訴を引き受けることで意見が一致しました。彼の裁判費用の支援勧誘は予想の倍に増えたので、控訴は、ユーゴーが述べたように、明らかに時宜を得た考えでした。

控訴は下級裁判所では決着せず、二〇五〇年に最高裁までいきました。意外だったのは米国医師会が私たちに代わって訴訟を起こしたのです。私たちが医師会と対処方針を検討したとき、全国の医師たちが被告の医師と同じ問題を抱えていることを知りました。地球温暖化の結果として、どのような形にせよ、辛い死を迎える高齢患者をどうすればいいのか。財産も、家族も、行き場もない高齢者たちは、絶望的な海辺の町やフェニックスのような暑苦しい都市に閉じ込められていました。詳しいことは申せませんが、この人たちは、放棄と飢餓による死、孤独死はもちろん、私には出来そうもない恐ろしい方法で自殺を始めていました。大人になった息子や娘たちは高齢の両親を支援したいと思いましたが、介護する場所や資金がありません。彼らは父親や母親のために活路を開きたいと相談に来ました。

人間がつくり出した地球温暖化の事実を左右する訴訟事件がすでに裁判に付されており、決着した法律問題にしようとしています。遅すぎますが、そうでないよりはましです。次の問題は、現在および未来の地球温暖化の犠牲者に対する対応でした。珍しい全員一致の票決で、裁判はフェニックスの医師の有罪判決を覆し、彼は医師業に復帰しました。各州は次々と、同医師のように、「末期症状」の定義を改め始めました。

私たちの団体は過度な成功を望まない不思議な立場にありましたが、あの決定後に全州から組織を拡大してほしいと多くの要望がありました。幇助自殺数は急増しましたが、自ら手を下した自殺も増えました。二〇二〇年、自殺はこの国の死因の第十位に挙げられました。当時は毎年約一万人に一人が自殺し、世界全体では毎年約八十万人になりました。十五歳から二十九歳の若年層では自殺が死因の第二位になりました。四分の三以上は低・中所得国で起こり、その多くが農薬の服毒という恐ろしい方法を取りました。

二〇六〇年には、自殺は世界で死因の第三位になりました、第二位は心臓発作です。その時には、人々がそれまで地球温暖化をどう考えていても、起きていることに疑いの余地はなく、なぜ温暖化を止めるべきか十分納得しうる理由を考えつかない限り、温暖化は悪化の一途を辿りました。環境問題への理解が進んでいる国々はCO_2パイプラインの概念をよく理解しており、そこに将来の温暖化が託されていることを知っていました。何世代後か分かりませんが、自分たちも子孫も逃れることはできないのは分かっていました。

鬱病はつねに医学の問題でした。今日では風土病となり「正気でいるためには鬱になる」という悪い冗談が広まっています。地球温暖化の現実と永続性を十分理解すればするほど自殺者が増えました。人の真似をして自殺する面は確かにあり、残念ながら、今やわざわざ家族や友人、隣人に真似の対象を探しに行くまでもなくなりました。

今度は別の医師が中年男性の事例について相談に来ました。患者は正常に活動できないほど重度の鬱――末期の鬱病と言えるかもしれません――である以外は健康体でした。この男性は人間らしく尊厳をもって人生を終える手助けをしてほしいと医師に懇願しました。多くの人がそうですが、彼も子供たちに遺体の処理を任せるのを嫌いました。私たちは米国医師会や米国心理学会などのように、鬱病は今や世界的流行《パンデミック》の段階にあるとし、医学的・人道的見地からの幇助死は正当だとして最初から医師を支援しました。今回は政府方面からの異議はなく、医師たちは考えを実行に移しました。

「尊厳死」の現状は、そして、将来はどうなりますか。

私は十年前に退職し、信頼できる人たちに後を託しました。もうじき百周年をお祝いするでしょう。「尊厳死」は創立者たちが想像できなかったほど広がり、世界的団体になりました。経済活動の成功を判断する基準に従えば、成功したと言えるでしょう。冗談ですが、あなたには必要ありませんように。ご想像のとおり、私たちの仕事ですが、最も辛い決断をする立場にある家族と接することは、スタッフにとって相当な心労になります。最前線で働く者は長くは続けられません。でないと、彼らも末期の鬱になってしまいます。私たちは多くのボランティアに支えられて参りましたが、昨今ではボランティアをする時間のある人が少なくなりました。そこで、質問の答えですが、不本意ながら、どうしたら「尊厳死」を長く続けられるかは分からない、になります。団体が軽減しようとする問題はあまりに巨大化し、組織がもたないほどになりました。

第八部

種《しゅ》

キミドリリングテイル

サンドリーヌ・ランドリー博士は、スイスのジュネーブに近いグランドに本拠がある「国際自然保護連合（IUCN）」の代表を務めている。同博士の専門はオーストラリアのサンゴ礁および生態学である。私はオーストラリアについての質問から始め、世界的な生物の絶滅に話を進めた。

ランドリー博士、私たちは地球温暖化がオーストラリアの風土と国民にどれほど影響を与えたかを知っています。オーストラリア独特の生態系に与えた衝撃は何でしたか。

まず、オーストラリア北東部のクイーンズランド州の先にある「グレートバリアリーフ」から始めましょう。二十世紀には、訪れる観光客の目玉であり、長さが二千キロ以上ある世界最大のサンゴ礁で、その海域はイギリスとアイルランドを合わせたよりも広大です。世界でも有数の手つかずの岩礁で、世界遺産に登録されています。サンゴ礁には千五百種以上の魚が依存し、また、絶滅危惧種のウミガメ七種のうち六種が生息しています。今日「グレートバリアリーフ」は白化現象が見られ、何か巨大な海洋生物が解剖され、地球温暖化で肉がきれいに摘み取られた骸骨のようです。

何が原因で「グレートバリアリーフ」の白化現象が起きたのか説明するために、サンゴ礁がまだ生きていた頃、学童がよく知っていたことをあなたの読者に思い出してもらわなくてはなりません。

古い写真に写る色鮮やかなサンゴは二種類の別の生物です。岩礁は数十億個もの微小なポリプ（サンゴの個体）から分泌された白い炭酸カルシウムでできています。サンゴで連想する鮮やかな色は二番目の生物で、ポリプと共生する色のある微小な植物、つまり藻なのです。世界中で約四千種の魚がそういう藻に依存しています。

ところが、海水温が三十度以上に上昇すると、サンゴは藻を追い出して本来の白色になります。食べ物がなくなると魚とサンゴ全体の生態系は死にます。サンゴは温水中では必ず白化しましたが、今世紀まで海水は最後には冷たくなってサンゴ復活のチャンスが生まれるかもしれません。

二十世紀末、サンゴ礁にはすでに異常が現れていました。一九九八年のエルニーニョで気温が高めのときに「グレートバリアリーフ」の一部など世界のサンゴ礁の一六パーセントが失われました。その後、二〇〇二年の夏が来て、南極海の海水の表面温度は通常より二度高くなり、それが二カ月続き、広範囲に白化現象が生じました。二〇〇五年の夏は、衛星測定が始まって以来の最高の海水温になりました。またしても白化現象で多くのサンゴが死にました。二〇一四年から二〇一七年までの三年間に岩礁の北辺を覆うサンゴは半減しました。二つの猛烈なサイクロンが原因で、すでに弱っていたサンゴに大被害を及ぼしました。これらの出来事は地球温暖化の深刻化以前の話ですよ。

オーストラリアはサンゴ礁を保護するためにできることはしました。禁漁区を設定し、クイーンズランド沖合の海水を浄化し、日本など各国の海底トロール漁業を禁止しました。しかし、それでも海水温を下げられませんでした。二〇五〇年には「グレートバリアリーフ」の九五パーセントが壊滅し、それに伴い一千種以上の魚も姿を消しました。美しいサンゴ礁は、かつてはオーストラリアに毎年優に十億ドル以上もの観光収入をもたらしましたが、それがなくなりました。

もう一つの観光の目玉といえば、オーストラリアの美しい海岸ですが、訪れる人はなくなりました。海岸は狭くなって姿を消し、人を刺す危険なクラゲが海岸付近に無数に漂い、砂の上にクラゲが散乱しています。クラゲは海のゴキブリです——どんな環境でも生き残ります。クラゲ工場をつくりたいと思っても、これ以上うまくできなかったでしょう。捕食動物——サメやマグロ、メカジキのような釣りの対象魚——は取り尽くしました。海洋を汚染し、沿岸の海水の酸素含有量を下げました。それから海水温を上げました。結果はどうなかったか。クラゲが大発生しました。クラゲに刺されるのはその時だけの問題ではありません。

傷の痛みは何カ月も癒えません。さらにひどいのはイルカンジクラゲに刺されると、両腕や両脚、背中、腎臓に強い痛みを感じます。皮膚はひりひり痛み、頭痛がして、吐き気を催し、実際に吐き、心拍数と血圧が急上昇します。死ぬ場合もあります。海岸で一日過ごすためにそこまでの危険を冒しますか。ご免ですね。今日オーストラリアの海岸へ行くと、人間の代わりに無数のクラゲを見るでしょう。臭いだけでも人を遠ざけるのに十分です。

「グレートバリアリーフ」のそばにはもう一つの世界遺産があります。クイーンズランドの湿潤熱帯地域の熱帯雨林です。サンゴ礁は海底に横に広がっていますが、熱帯雨林は同州北東部の沿岸山脈の急な斜面に縦に延びており、てっぺんは海抜千五百メートルを超える高さにそびえています。

てっぺんには山頂を覆う雲から直接水分を抜き取る独特の植物群落が生育しました。
かつて熱帯雨林には七百種の植物があり、その多くは地球上でここ以外には見られませんでした。恐竜時代から変わっていませんでした。しかし、気温上昇とともに樹木やカエル、ヘビ、それに土壌中の微生物までもが依存していた雲の層が高くなり、届かなくなってついに燃え尽きました。森に棲む鳥類の四分の三以上が絶滅しました。オウゴンニワシドリ、ヒクイドリ、ウロコフウチョウ、ワープーアオバト、オナガデリカラスモドキ、オーストラリアツカツクリ、ラクエンカワセミ、キミドリリングテイル、フクロシマリス、キノボリカンガルー、ネズミカンガルー、銅色フクロギツネ、キタネズミカンガルー、それに空飛ぶ六種であるマホガニーモモンガとオブトフクロモモンガ、フクロムササビ、ニセフクロモモンガ、フクロモモンガ、オオフクロモモンガです。これらの生物と、他にも多くの生物がクイーンズランド湿潤熱帯地域から、そしてこの惑星から永久にいなくなりました。

ランドリー博士、IUCNは種の保存に努めていますが、今世紀は六千五百万年前の白亜紀末期以来、すでに最大の種が絶滅しています。個人的な関心ですが、それほど大きい喪失にもかかわらず、どのように意欲を保つのですか。

ご承知のとおり、私の前任者はそういう難問に答えられないのが分かり、自ら命を絶ちました。

種の保存の仕事が、残された私たち少数者が選別をはるかに超えた取り組みをしていることはほとんど理解されていません——ぜひやりたい最善のことは、かつて存在した生命の多様性のごくわずかな見本を大事にすることであり、それが動物園での種の保存であっても、それしか方法がありません。では、私たちはなぜ続けるのか。私たちが稀少種を大切に扱わなければ、誰がするのかということです。では、なぜ種を守るのか、どうしようもないじゃないかと皆に言われます。それは信仰心の篤い人になぜ信仰するのかと問うようなものです。ともに心の内奥から湧き出るものです。自分の信仰を他人には説明できません——代わりに、信ずるままに行動するということです。

地球温暖化という、今世紀中の種の絶滅の状況全般を総括して下さい。

一般論から始めて、二十一世紀の無数の絶滅の具体例を少しご紹介します。まず鳥類から。鳥類には一定の生息環境があります——気温と降雨量、植生、昆虫などとの特定の結びつきがあり、その環境下で繁殖します。低地の生息地が暑くなり過ぎたら、植物群落は涼しい高地の斜面へ移動します——そんな斜面があれば——鳥たちは飛んで来ます。しかし、結局この戦略は幾何学の犠牲になります。種が山に高く上るほど領域は狭まります——頂上のある火山円錐丘を思い出して下さい。生息地が狭くなると、個体や種はひしめき合うことになり、それだけで絶滅につながります。そして、気温の上昇が続くと、生息地は山頂に移動して消滅し、依存する種も共倒れになります。それがクイーンズランドの熱帯雨林だけでなく、世界中の山岳地帯と島嶼で起きたことでした。

鳥は飛べるので、らくに生息地を移動できると思うでしょう。ある土地が暑くなりすぎたら、種は涼しい場所に棲みかえができるかもしれません。問題は鳥類の八〇パーセントが飛べない鳥なのです――うまく飛べないか、または樹木のてっぺんよりも地上や茂みの中の生活が好きなのです。気温が上昇して生息地が移動しても、こういう鳥たちはついて行けません。多くの鳥がすでに絶滅し、もっと多くが絶滅の瀬戸際にあります。今世紀初めに現存していた無数の鳥類のうち、現在は半数が絶滅したと推定しています。これには長い時間がかかり、予見されていました。二〇一九年発表の研究によれば、北アメリカの鳥の四分の一――繁殖できる成鳥三十億羽――がそれ以前の五十年間で人為的影響によって絶滅しました。ノドジロシトドは野鳥観察者のみなさんに愛され、えさ箱を置かれる鳥ですが、九千三百万羽がいなくなりました。これは一大陸――北アメリカ――のことであり、しかも、そのほとんどは地球温暖化が本格化する以前に起こったことでした。この鳥類のホロコーストに懐疑論者の誰かが気がつき、地球温暖化に何かあるかもしれないと考えたでしょうか。いいえ、自分たちの考えを優先し、孫たちの未来を犠牲にしてもいい人たちでした――それに、鳥の何が重要なんだというのです。

この死の世紀の終わりに世界の鳥がどれだけ残っているかを想像するとぞっとします。二十世紀の作家が『沈黙の春（*Silent Spring*）』（一九六二年、レイチェル・カーソン著、新潮文庫他）を書きました。私たちは、森林や山腹、湿地、サバンナなどの鳥類の生息地が、春ばかりか、四季、そして永遠に沈黙する未来に直面しようとしているのかもしれません。

それに、大型や小型の数えきれない他の動物の種も絶滅しました——数は誰にも分かりません。二〇一九年末のオーストラリアの巨大な森林火災では、コアラやカンガルーを始め他には存在しない種など十億もの動物が死にました。しかし、この恐ろしい事実は政府やメディアの気候変動懐疑論者の頑なな心に浸透したでしょうか。ノーです。彼らは森林火災の犯人を捜そうとしただけで、何もしませんでした。

二十一世紀初めに地球温暖化が加速し始めたとき、ホッキョクグマは温暖化の脅威に晒される象徴的な種になりました。ホッキョクグマはもういません。野生の最後の一頭が二〇三一年に確認されました。十二種のペンギンが絶滅しました。ガラパゴスペンギンとエンペラーペンギン、キタイワトビペンギン、ミナミイワトビペンギン、キマユペンギン、ハシブトペンギン、シュレーターペンギン、マカロニペンギンン、ロイヤルペンギン、ハネジロペンギン、キンメペンギン、アフリカンペンギン、フンボルトペンギンです。読者は私がいちいち名前を挙げるのはたいへんだと思うかもしれませんが、名前を挙げながら、印象を刻み、人間の記憶から忘れ去られないようにしているのです。ワシントンのベトナム戦争戦没者慰霊碑を立案して戦没者の名前を一人ずつ石碑に刻んだマヤ・リンのように、私も歴史という石碑に絶滅種の名前を刻みたいのです。

私たちは、マウンテンゴリラやオランウータンのようなもっと大型でカリスマ性のある種の死に注目しがちで、ゴリラもオランウータンも、なりふり構わぬ密猟と、政府が地球温暖化対策に怠慢だったことの犠牲になって野生では絶滅しました。

大きさでは対極にあり、高い岩山に棲む小動物で、ロッキー山脈のハイカーに愛されたナキウサギはもういません。生息地が高地へ移動して姿を消したか、または、北へ移動して追随できなかったのです。ナキウサギは、一生に一キロ以上は動かないようですが、地球温暖化を生き延びるためにそれ以上の旅を余儀なくされて生き残れなくなりました。ナキウサギの死を悼みます。

見事なベンガルトラの姿が最後に見られたのは、二〇三八年にバングラデシュ南部のマングローブの沼地のシュンドルボンでした。しかし、イリエワニやバタグールガメ、ガンジスカワイルカ、キールウシクタリ、ネズミヤモリのようなあまり知られていないシュンドルボン種の絶滅は誰が記録しているのでしょうか。私たちが知る種のすべてが絶滅したので、理屈では未発見の無数の種も絶滅したものと考えられます。

絶滅が最も起きているのは私たちの目の届かないところ、海洋です。海水に二酸化炭素が溶けると酸性が強まり、サンゴ礁などの海洋生物の炭酸カルシウムの殻が溶けます。このために多数のプランクトン、ヒトデ、ウニ、カキ、サンゴポリプのほか、それらを捕食するイカなどのより大きな種の絶滅を引き起こしています。酸性化した海でどれくらい種が失われたかは誰にも分かりませんが、天文学的な数でしょう。

人間がかつては食べた多数の大型魚類の種も絶滅しました。食糧獲得競争が激化するとともに、各国は大型魚類の乱獲防止条約を無視し始めました。実例として、絶滅したクジラとクジラ類を挙げてみます。タイセイヨウセミクジラと、ミナミセミクジラ、タイセイヨウセミクジラ、ミナミセミクジラ、ホッキョククジラ、シロナガスクジラ、イワシクジラ、ザトウクジラ、マッコウクジラです。クジラ類ではコガシラネズミクジラと、ヨウスコウカワイルカ、インダスカワイルカ、ガンジスカワイルカ、アマゾンカワイルカ、ラプラタカワイルカ、コビトイルカ、セッパリイルカ、シナウスイロイルカ、ウスイロイルカです。

絶滅してしまった個々の種を列挙してもいいですが、あなたの著書の残りだけでは足りず、百科事典になるかもしれません。でも、言いたいことは、地球には個々の種や生態系だけでなく、生態系の全集合が失われた大陸もあるということです。この大量殺戮には生命破壊《バイオサイド》の一語しかありません。

今世紀初め、科学者はどれくらいの種が失われるか予想を試みました。すでに絶滅の危機に瀕している種に着目して、地球温暖化の影響をどの程度受けるかを予想しました。アマゾンのほぼ全域が焼けること、オーストラリア内陸の草原とサヘル（訳註　サハラ砂漠に南接する半砂漠化した広大な草原地帯）が砂漠に逆戻りすること、マレー川・ダーリング川の一千キロが涸渇すること、コロラド川のデルタが干上がること、広大な森林地帯が焼けることは予見しませんでした。水不足が原因で戦争になることも、ましてや、核戦争になって数えきれない種を含むパンジャブ地方のすべての生命を破壊することなど想像さえしませんでした。

今世紀初めの最悪の予想は、地球温暖化ですべての種の三分の一が犠牲になるかもしれないことでした。もちろん、当時地球上にどれほどの種があるかは分かりませんでした。科学者が名前を付けたのはせいぜい二百万種程度に過ぎません。推定では五百万種から三千万種までの開きがありました。現時点で最も信頼されているＩＵＣＮの推定は、二〇〇〇年の時点で存在していた種の三分の二はすでに絶滅したというものです。五百万から三千万種の中間を取れば千七百五十万種であり、三分の二では千二百万種になります――個体数ではなく、あくまでも種です。失われた個体数は天空の星のごとしです。

ＩＵＣＮはとくに絶滅の恐れがある種のレッドリストを主張したものですが、無意味だとして止めました。二〇〇五年時点で、レッドリストには一万二千二百種の絶滅危惧種と他に六千三百種が補足として掲載されていました。つまり、それらの生存は別の絶滅危惧種に依存していたのです。レッドリストの九五パーセントと共存種はすでに絶滅したと推定されています。

ところで、ランドリー博士、読者はあなたのバランス感覚に疑問を持つかもしれません。人類だって数えきれないほど死んでいるし、世界は気候難民で溢れ、何百万人もの難民が夭折する運命にあります。人類史上最大の人命の喪失と比較して、個別の種の喪失は見劣りしませんか。無作為に一種を選び、私たちを説得してみてください。クイーンズランド湿潤熱帯地域のキミドリリングテイル（フクロネズミ）の絶滅は、私たち人類にとって何が重要なのですか。何か私たちのためになりましたか。

それは環境保護論者が自問する問いかけです。私たちの究極の問いであり、各人が自分で答えを出さなければなりません。これから申し上げるのは、私個人の、きわめて私的な見解です。種と生態系を保存すべきなのは、実際に効用があり、どんな恩恵があるかは前もって分かりません。とても貴重な薬、ワクチンなどが希少種から得られます。今世紀初めには、医薬品の二五パーセントは熱帯雨林が源泉であると言われていました。ですが、科学者は種の一パーセントしか調べることができませんでした。未発見の貴重な薬があるかもしれません。そして、そういうものを提供できたかもしれない種が絶滅したので、今となっては不可能です。

しかし、私たちが知り得るかぎり、あなたが指名したフクロネズミに効能はないようです。ですから、あなたの質問は妥当です。キミドリリングテイルに何の益があるのか。私の意見は、回答は二つで、どちらか一方か両者です。信仰の篤い人は、フクロネズミを始め地上のすべての生命は神が創造したと信じています。古い讃美歌に、次に神は「一羽の雀に目を止める」という言葉があります。神は自分の創造物の最下位のものさえも見守り、神と同じようにすることが敬虔な信者にとって神聖な義務なのです。神の創造物を敬うことで私たちは神を敬います。何の権利があって私たちは神の創造物を破壊して自分の思い通りにしようとするのか。神の審判は、人間が地上の執事として、すべての神の創造物にいかに良く仕えるにかかっているでしょう。そうであれば、私たちは大失敗したので、人類には永遠の地獄の炎が待っています。もしかすると、私たちはすでに地獄にいるのかもしれません。これや、私たちの惑星の未来に待ち受けていることは地獄であり、私たちの怠慢に対する神の恐ろしい報いかもしれません。

まあ、かつて存在した種の圧倒的多数は自然消滅しているので、神の計画に絶滅が入っているのは確かです。不思議なのは神のなさり方です。しかし、自然消滅したからといって、人類が神の予定表と特権を奪っていいことにはなりません。旧約聖書の神が天から声を響かせているのが想像できます。「おまえは自分を何者だと思っているのか」と。

科学者は、信心深い人でも、聖書の文字通りの解釈を信じている人はほとんどいませんし、私も信じていません。そうではなくフクロネズミや地上の個々の他の創造物は、何千万年もの進化の産物であると考えています。フクロネズミやホモサピエンスのような高等生物が出現するためには不可欠だった偶発的出来事の数を考えると、哺乳動物が宇宙のどこか他にも存在するとは考えにくいとする者がいますし、私もその一人です。こういう見解の人々は、地球上の生命を神の創造物であると信じる人々と同じように、素晴らしい奇跡であると考えています。四十億年かけて創造された種を不用意に消滅させる責任を負いたくはありません。

個人的には、生命は保護されるべき価値があると考えます——キミドリリングテイルを含むすべての生命です。私としては、そう信じないと、生命そのものが無意味に思え、そうなると今日多くの人々がもはやそうであるように、私も何も信じないかもしれません。あなたがどういう考えの持主でも、生命が重要であるならば、一つの種だけを選べないし、それが重要でないとは言えません。

すべて重要なのです。キミドリリングテイルが重要でないなら、生命は重要でないことになり、あなたも私も重要でなく、知的生命体が住む唯一の惑星である地球は重要でなくなります。その考えは受け入れがたく、私は生き続けることができません。

ランドリー博士、インタビュー前のお喋りで、あなたはテーマにしたいことに触れました。異なるタイプの絶滅と呼べることです。今度はそれを話しましょう。

覚えていてくださいましたね。テーマの変更のようですが、打ち明けて胸のつかえを下ろしたい気持ちです。絶滅危惧種の悲しい運命を考えるとき、私がとくに好きで、地球温暖化の犠牲にもなっている動物群のことを思い浮かべます。ペットのことです。テーマに挙げられていないのでお話しするのはどうでしょうか。ペット愛好者で、ネコやイヌ、ウマと一緒に生活したことのある人間としては、このテーマはあなたの著書に出てくる辛い話題の数々と同様に私にとって辛いのです。胸が張り裂けそうになりますが、お話ししなければなりません。

地球温暖化に関係する最初の災害となった二〇〇五年にハリケーン・カトリーナが引き起こしたニューオルリンズのペットたちの運命を事例研究《ケーススタディ》としましょう。ハリケーンの翌年に実施された世論調査で、避難しなかった人たちのほぼ半数はペットを置き去りにできなかったからだということが分かりました。考えてみてください。私たち人間と動物との間に培われた絆ほど強く物語るものはありません。それでもルイジアナの「動物虐待防止協会（SPCA）」の推定では、十万匹以上が置き去りにされ、湾岸地帯では七万匹ぐらいが死にました。今後にとって不気味な前兆です。

今まで地球はカトリーナ級の気候災害を数知れず経験し、人命と財産に被害をもたらしましたが、とりわけペットが犠牲になりました。第二次世界大戦末期のベルリン陥落直後、現在のほとんどの大都市ではイヌもネコも姿を見かけませんでした——生き残ったのはネズミだけでした。ペットを飼うのは過去のものとなりましたし、置き去りにされたイヌやネコは野生に帰って滅びるのです。

私は友人たちから堅物と呼ばれますが、そんな堅物には似合わないような考え方をします。一つには、イヌの家畜化の歴史を知ったことから来ています。科学者なら知っていることです。判明している最古の証拠は一万四千三百年前に遡り、人間の遺体がイヌと一緒に埋葬されていました。ロサンゼルスの有名な「ラ・ブレア・タールピッツ」（訳註　天然アスファルトの池が百ほどあって、一九一五年以降ハンコック公園として保存され、博物館もある）は約一万年前に遡り、女性がイヌと一緒に埋葬されていて、正式の埋葬なのでしょう。ペットを飼うことと、あの世へペットを一緒に連れて行きたいと思うこととはまったく別です。生命を超越する人間と動物との繋がりに関して言えば、それは永遠なのです。

思うに、私たちの太古の祖先は、従順になって家畜化した最初のオオカミと暗黙の契約を結んだのです。相互利益協定と考えてください。「寒い外から中へ入って仲良くすれば、全力で君たちに居場所と食べ物を与え、守ってやる。私たちは仲間だ」。ウマにも同じことを言いました。そしてイヌとウマが歴史を通じて私たちに何をしてくれたかを考えてみてください。人類は故意に昔からの契約を破棄し、もし神がいるなら、神が人間を許すとは到底思えません――許すべきではありません。

第九部

出口

スウェーデンに注目　その一

最後に、二〇六〇年代末にトロント大学教授を退職したロバート・ステイプルドン博士と、同夫人で、同じく同大学教授だったロゼッタ・ステイプルドン博士に話を聞く。ロバート博士の専門はエネルギー生産で、夫人の専門は国連と「気候変動に関するパリ協定」、短命に終わった「グリーン・ニューディール」などを通じて地球温暖化を摂氏二度未満に抑えようとした各国政府の挫折の変遷である。

両博士に伺います。ご案内のとおり、この地球温暖化の口述記録の最後を締め括っていただきます。これまでの取材を通じて、私には一つの問いかけが思い浮かびました。子や孫がいつも言うことです。おじいちゃん（私の場合）、地球温暖化の深刻化は目に見えていたのに、なぜ止めなかったの、という具合です。

お尋ねしたいのは、地球温暖化は止められなかったのかどうかです。各国が、地球温暖化をともかく止めようとした最後の時期はいつでしたか。帰還不能点《ポイント・オブ・ノーリターン》はありましたか。そこを越えたのはいつでしたか。ロバート博士、そこから始めてください。

ロバート　取材では収穫が多かったことと思いますが、このインタビューは、私たちの胸のうちを明かす機会であり、私たちの場合は、学問的研究と職歴を締め括る機会です。周到に準備したように見えたら、あなたから提起された重大な問題について、家族との食事の席や教室での会話に多くの時間を割いたからです。

これらの問題に答える世界の挑戦の一つが「気候変動に関するパリ協定」であり、ロゼッタから詳しく聞いてください。パリ協定の目標は、平均気温上昇を産業革命前の摂氏一・五度未満とすることでした。しかし、二〇一〇年代末にはすでに、科学者たちは、どうあがいても二〇四〇年頃にはその段階を越えるとの結論に至りました。ご承知のとおり、科学者たちの判断は正しかったのです。その分の熱量はすでに吸収されていて目標達成の機会は過ぎてしまっていたと言えるでしょう。次の目標は摂氏二度未満であり、これはもし――「もし」――二〇二〇年までに排出量がピークに達して、下降し始めれば達成可能でした。その時始めていなければなりませんでした、つまり、毎年の遅延で目標達成が遠退き、十年ほどで不可能になりました。

ロゼッタ　問題は、一九九二年の「リオサミット」から始まった旧い国際気候協約のどれもそうなのですが、パリ協定は署名国に特に義務を課しませんでした。各国に排出量削減の目標設定の義務はなく、前回目標を越える目標のみを設定し、それが達成できなくても罰則規定はありませんでした。つまり、すべての国際協約のようにパリ協定は完全に任意でした。

パリ協定は二〇一五年に採択され、二〇一六年に発効しました。トランプ大統領は同協定からの離脱を通告しましたが、手続きに一年を要し、二〇二〇年に離脱しました。しかし、それ以前から危険な兆しが見え始めていました。

二〇一七年報告書では、順調に誓約を達成した国は皆無でした。石炭火力発電所が多数閉鎖されても、二〇一八年の米国の炭素排出量は三パーセント以上増加しました。米国など各国の協定に目立った進捗が見られないことは、化石燃料が先進工業国の経済にいかに深く組み込まれていて、手放し難いことを示すものでした。経済が発展するとCO$_2$排出量は増え、その逆もあって、断たねばならない死の抱擁ですが、各国にその意志はありませんでした。

二〇二三年、パリ協定の締約国は進捗状況の「実績評価」を行いました。多くの小国は目標達成に成功しましたが、米国と中国、インド、日本は遅れをとり、この四カ国の削減分は他の諸国が達成した削減分とは大きな開きがありました。

本当の問題は、パリ協定の目標が二〇三〇年までであることです。各国が任意で当初の目標値を達成したら、二〇三〇年以降のさらなる削減への合意に向かうことが前提でした。現在は、当初の誓約は達成されておらず、地球温暖化を抑止する人類の最後の機会の一つを逃しました。

当時、人々が考慮しなかった別の問題がありました。例えば、インドを例に挙げれば、同国の二〇二〇年当時の人口は十四億人に達していました。国民は、もちろん、先進国と同等の利点を得たいと望み、国民が貧困から脱して電気と冷蔵庫、エアコン、自動車、病院、住宅などを備えるために化石燃料の消費を利用していました。インド国民は、これらの恩恵に対して、アメリカ人やオーストラリア人と同じ道徳観念を持たなかったのでしょうか。最初に地球温暖化問題を生み出した国々のために犠牲を払って便利さを諦めるべきだったのでしょうか。
どこまで個人がこの問題に迫るかどうかに拘わらず、決断するのはインドの指導者たちであり、決断した上で二〇一七年にこう発言しました。「インドの電力の約四分の三は石炭火力発電所から得ており、今後数十年間大きく変わることはないだろう。従って、国内の石炭増産は重要である」。戦争せずに、どうすれば一国、または多数国がインドに石炭火力発電所の建設を止めさせられるのでしょうか。それには、石炭より良い発電方法があることをインドに示すしかありません。

ロバート　二〇二〇年現在、他の発電方法――波力や潮汐、水素燃料など――は計画段階で、既存の燃料は三種類の化石燃料――石炭と原油、天然ガス――および、再生可能と考えられるもの、すなわち水力と風力、太陽光、バイオマス、原子力、地熱です。救いがありそうなのは後者からのものでした。

科学者は、二〇二〇年代から始めて十年毎に排出量を半減できるか、または、農業と林業への取組み改善で大気中のCO_2をさらに吸収できれば、化石燃料の排出量を二〇五〇年にはゼロにできると述べました。問題解決で、人類は救われます。従って、当面の課題は、どの非化石燃料技術が、単独か組み合わせで、採用可能かであり、二〇年代から開始してCO_2排出量をいかに速く半減できるかでした。
それにお答えする前に、天然ガスについて一言申し上げておくと、天然ガスは二〇一〇年代には主に石炭を避けるために使用されていました。天然ガスも化石燃料ですから長期的解決法ではありませんでした。石炭の半分程度のCO_2を排出しますので、石炭を天然ガスに換えても、気温上昇が遅れるというだけです。喫煙者が一日二箱を一箱にするようなものです――喫煙者が肺癌で死ぬ確率は高く、それが先に延びるだけです。

水力発電はCO_2ゼロですが欠点があります。天然の水流と生態系を破壊し、先住民を立ち退かせ、しかも巨費がかかります。そして、長期的にはダムに沈殿物が堆積して発電が停止されるので、せいぜい一時的な方策でしかありません。加えて、今世紀までに立地条件の良い場所にはすでにダムが建設されていました。既存の水力ダムは、化石燃料の排出量ゼロを達成するための一助とはなりましたが、ごくわずかでした。そして、例えば、アメリカ南西部では、地球温暖化でコロラド川の水量が減り、二〇三五年にグレンキャニオンダムは発電を停止しました。二〇三〇年代初めに開始したフーバーダムは、しばしばその電力融通を下回り、ラスベガスとフェニックスの住民に水不足と電気不足をもたらしました。ですから、水力発電はかつて万能薬と見られていましたが、もうそうではありません。

火山活動の活発なアイスランドのような国では地熱エネルギーが利用されていましたが、ほとんどの国では利用されていませんでした。バイオマス燃焼には場所が必要で、拡大もスピードも上げられませんでした。残ったのはほぼ無尽蔵の三種類の自然エネルギー源、すなわち風力と太陽光、原子力です。

ロゼッタ　私の旧姓であるマルムクヴィストが話の手がかりになります。私はスウェーデン人で、スウェーデンは化石燃料をいかに削減し、インドのような国々も相応に必要な電力を手にすることが可能になる方法を示しました。私の手元には『スウェーデンに学ぶ脱炭素化』と題する六十八年前の専門家報告があります。

一九六〇年代、七〇年代に遡って、私の祖父のイングマール・マルムクヴィストは、スウェーデンの大手電力会社バッテンフォール社の技術者でした。家族が集まるたびに祖父からスウェーデンはいかにその先頭に立って来たか、追随する国がなかったかという話を聞かされました。祖父が現役のころ、スウェーデンは北部の山々の水力発電ダムから大量に電力を引いていました。山国ですから有利であり、とくに山頂に氷河がある山には凍結水の貯水ダムができました。人間がつくり出した地球温暖化問題はまだ表面化せず、科学者の関心も高くありませんでした。一九六〇年代に、バッテンフォール社は、将来の電力需要増を見込んで、河川のダム建設を増やす計画でしたが、六〇年代はどこでも環境への関心が高まった時期でもありました。スウェーデンの環境保護論者は水力発電の重大な欠点を指摘し始めました。彼らの反対でバッテンフォール社はダム建設計画を諦め、環境保護論者は代替案には反対しないことに同意しました。

しかし、水力発電でないとすれば、必要な電力増を何で供給するのか。祖父の時代の人たちは輸入原油への依存を減らしたいと考えていました。これは一九七三年の世界石油危機の頃ですが、覚えておられますか。スウェーデンは石炭採掘を拡大できましたが、別の選択をしてCO_2の総排出量削減という思いがけない成果が得られました。

一九六〇年から一九七〇年代半ばのスウェーデンの一人当たりのCO_2排出量はGDPと同率で上昇し、両者が関連していることを示していました。しかし、一九九〇年には、一人当たりGDPは二倍になりましたが、CO_2排出量と総エネルギー生産比のCO_2はともにほぼ半減しました。スウェーデンは経済成長と化石燃料消費を結ぶゴルディアスの結び目（訳註　難問の意）を断ったのです。スウェーデンは十五年間で二〇二〇年代の十年間とその先も世界が必要としたことをやり遂げました。しかも、スウェーデンは人間がつくり出した地球温暖化の差し迫った脅威と向き合うことなく実行したのです。

ところでロゼッタさん、そういう成果を挙げるためにスウェーデンは何を諦めたのですか。

何も。一九七五年のスウェーデンの一人当たりGDPは、米国とほぼ同水準でした。その後四十年間、両国は同率で成長しました。一人当たりGDPは生活の質の尺度になりますから、その四十年間にスウェーデンは米国と同程度に生活水準を上げましたが、思いきったCO_2削減を行いました。両国は原子炉を利用したのです。

原発は水力発電のように炭素を含まず、原油より安価で、健康被害は石炭よりはるかに少なく、集約的で廃棄物はほとんどなく、実績があり、広く利用されていたテクノロジーでした。確かに、原子力は必ず議論が沸騰しますが、一九七〇年代には環境保護活動家にとって悪の権化にはなっていませんでした。

スウェーデンは一九七〇年代に始め、四カ所に商業用原子炉十二基を建設しました。一九八〇年代にはスウェーデンの電気料金は世界で最も安くなりました。原子炉の維持費は既存の水力発電以外のどのエネルギー源よりも低かったのです。スウェーデンは化石燃料発電から撤退し、時とともに、原発での暖房用の電気使用量が五倍になるなど、電力消費は二倍になりました。

しかし、スウェーデンは小さな国です。原子力利用は大きな国にも有用な解決策になり得ましたか。

その通りです。ご承知のとおり、フランスも一九七〇年代に原発に大きく舵を切り、十五年間で原子炉五十六基を建設し、CO_2排出量と電気料金を大幅に引き下げました。私たちが暮らすオンタリオ州もそうです。一九七六年から一九九三年までにオンタリオ州は原発十六基を新設して州内の六割の電力を賄い、残りのほとんどは既存の水力発電を充当しています。化石燃料はなくなるでしょう。

こういう国々の実績は、同様に世界中で原発を増強することで、約二十五年で化石燃料を置き換えられることを示しました。

他の地域に関してはどうですか。他にも原発を採用した国はありましたか。

二〇一〇年代末には三十一カ国で四百四十九基の原子炉が稼働し、世界の発電量の約一〇パーセントを占めていました。原子炉総数のうち九十九基は米国にあり、総発電量の二〇パーセントを占めていました。従って、多くの環境保護団体にとって原子力は議論から外れていて、二〇一〇年代までは原子力利用は拡大し、順調に発展していました。さらに上を目指していました。スウェーデンとフランス方式で原発増設が迅速に行われたのは、すでに原子力規制と認可に経験のある国だけでした。炭素の大量排出国のほぼすべてがその要件を満たしていました。

休憩に入る前に要点をまとめれば、お二人は、原発の発電量増大は二〇二〇年から二〇五〇年までの世界の気温上昇を摂氏二度未満に抑えられるだけの化石燃料からの排出量を削減し、カナダとフランス、スウェーデンなどの化石燃料の利用を排除できたことを証明したと仰っています。米国と中国、ロシア、インドなど二十四カ国を超える国には必要となる経験があり、管理できました。とはいうものの、そうはなりませんでした。これはちょっと分かりにくいですね。二〇一〇年、二〇年代の人々が、後から考えれば唯一の出口だったと思われることを避

けて原子力発電を指向しなかったのには、それなりの理由があったはずです。休憩後にそれをお聞きしましょう。

スウェーデンに注目　その二

昨日の続きです。スウェーデンの例に従えば、原発の発電量が過剰なくらい増えて、二〇五〇年までに遅れる心配もなく化石燃料の消費を削減できたのではありませんか。なぜそうならなかったのですか。

ロバート　答えは簡単です。人々は原子力を恐れたのです。前回お話ししたとおり、現在二十四カ国以上で原発が稼働中であるということは、偏見の裏付けとなる理由に根拠がないことを示していました。恐怖は人間がつくり出した地球温暖化の否定と結びつき、その結果増設が遅れ、開始が遅れた原因になりました。

反原発を一つ一つ見てみましょう。私はここで、二〇二〇年頃を現在として、人々がいつまでに原子炉が六十年間利用されてきたかを知り、あるいは、知るべきだったかについて話しています。その時代の報告書や記事は豊富にあり、私の言うことが年寄りの記憶違いではないことを示すために必要に応じて引用します。

最大の反対は、原子力はそもそも安全ではないという認識――これから申し上げるとおり、事実ではなくて、認識でした。どうしてそうなったのか。一九四五年の広島と長崎への原爆投下、および冷戦中のソ連との核兵器拡大競争以来、核兵器の直接の爆風効果だけでなく、長期に影響を及ぼす危険な放射線の放出を世界中の人々が恐れるようになりました。核戦争になったら学習机が防御になるかのように「頭をひっこめて隠れる」練習をしました。その年代の人々には放射能の恐怖が深く染み込みました。十年くらいおきに起きた原発事故でその恐怖を新たにしたようです。

そういう事故の一つが一九七九年のペンシルベニア州サスケハナ川のスリーマイル島にある原子炉の部分溶融《メルトダウン》で、機械的かつ人的エラーによるものでした。事故は、原発事故の映画『チャイナ・シンドローム』の封切から十二日後に起き、人々の恐怖を掻き立てました。しかし、実は、スリーマイル原発の格納構造は設計どおりに作動し、事故による直接の健康被害はありませんでした。放射線放出による長期的影響の不安は多々ありましたが、後日、その証拠はほとんど発見されませんでした。しかしながら、認識は悪影響を被りました。

次に一九八六年、旧ソ連時代のウクライナでチェルノブイリ原発事故が起きました。ソ連は発電と同時に兵器向けのプルトニウムを製造するための原子炉を設計しました。そこで、原子炉を制御する黒鉛と燃料の過熱を防止する水を使用する必要がありました。これは他の諸国が採用を避けた危険な組み合わせせで、運転員のミスを招いてしまいました。原子炉は、スリーマイル島のとは違って格納容器がなく、米国でなら違法だったでしょう。安全装置を切って試運転中に、設計の拙さと操作員のミスによって大量の放射能が洩れました。チェルノブイリ原発は兵器プラントとして秘密だったと考えられ、ソ連政府関係者は事故に関して嘘をつき、近隣住民を守るために放射線を吸収するヨウ素剤を配布しませんでした。事故現場から四百八十二キロ離れたミンスクのベラルーシ人医師が、研究室の外の放射線探知機が室内より高レベルを記録しているのに気づいて事故を知りました。チェルノブイリ事故では、消火活動と被曝により数十人の初期対応者が命を落としました。被曝によるその後の死者数の推定は大きな議論になりましたが、二〇〇五年に百人以上の科学者グループが、犠牲者は四千人と推定しました。しかし、二〇一〇年代末にチェルノブイリ関係の本や映画が出回って、原子力のすべてに対する恐怖が強まりました。事故は避けられなかったのではなく、欠陥のある原子炉設計と政治体制の不備がつくり出したものでした。

次いで、二〇一一年に日本の福島と福島原発の近くで巨大地震が起き、十五メートルの津波が発生しました。日本の原子力安全・保安院は事業会社である東京電力に対して原子炉は想定される津波から守られると保証していました。女川原子力発電所では高さ十四メートルの防潮堤が原発三基を守り、地震後には通常どおり三基が停止して人命の損傷も死亡もありませんでした。福島第一原発は震源地からさらに遠く、防潮堤の高さは六メートルしかありませんでした。非常用発電機はすべて防潮堤の裏にあり、津波をかぶって動きませんでした。水素爆発が起きて原子炉格納容器が破壊され、周辺地域と近くの海に放射線が放出されました。十五万人を超える住民が緊急避難し、その過程で約五十人が犠牲になりました。

旧世界保健機関（WHO）は、福島原発事故による長期的な発癌リスクに晒される人数について調査しました。報告では、将来の被曝の推定に際し、例えば、石炭燃焼や花崗岩土壌の上での生活で毎日晒される線量などが被曝の最少線量であっても有害と仮定する、最悪の場合を想定した「閾値なし直線（linear no-threshold LNT）」方式が使われました。公衆衛生に及ぼす影響は少ないと結論づけました。もちろん、一人一人の命は大切ですが、人々を最も節約になるエネルギー源を選択する気にさせるべきです。

これら個々の原発事故および原子力技術の進歩は、安全性の向上に役立ちました。例えば、チェルノブイリ事故後、自動停止し、七十二時間以上にわたって炉心溶融を防ぐ〈放置安全（walk-away safe）〉の第三世代原子炉が開発されました。

どう見ても石炭火力発電は原子力よりも危険度がはるかに高いことが分かりました。例えば、一九六〇年代から二〇二〇年までの原発採用中に数千万人が石炭燃焼で命を落とし――主に発癌性の粉塵による――原発の犠牲者はたかだか数千人でした。発電機一基当たりの死亡率を見ると、石炭はテラワット時当たりで約三十人の死者を出しましたが、原子力は約〇・一人でした。

原発利用を止めさせたい人々は、安全性が証明され、世界を破壊するのではなく救うかもしれないテクノロジーの代わりに、致命的な殺し屋として知られる石炭を選んでいたというのが現実でした。今こそ地球温暖化の結果死んだ人と、将来の死者の人数を決断に含めましょう。原発事故で失われたかもしれない数千の命を救うために、実際にはもっと少なかったかもしれませんが、数億、数十億の命が地球温暖化で失われました。まだ終わっていません。

安全性の問題以外に、原子力に対する懸念材料は何だったのでしょうか。

ロバート　冷戦時代の数十年に戻りますが、原子力の拡大利用が核兵器拡散に導いたことでした。ロシアと、米国その他数カ国を合わせて数千個の核弾頭があった一方で、問題は、イランのような国々が早々と原子炉を核兵器製造のために転用したことでした。これはつまらない心配ではなかったですが、二〇一〇年代末には、原子力エネルギー計画が核兵器へ繋がらなかったことを示す六十年の経験がありました。

その理由の一つは国際原子力機関（ＩＡＥＡ）の成功でした。ＩＡＥＡは一九五七年に国連が設立した監視機関で、原子力の平和利用促進と戦争への利用抑止を目的としていました。一つの成功例は、ＩＡＥＡがサダム・フセインのイラクを突然訪問し、フセインが核兵器を開発している証拠を発見できなかった時でした。フセインは開発していなかったからです。もちろん、科学的な結論は政治的イデオロギーと衝突して黙殺され、アメリカは約二兆ドルもの戦費をかけてイラクに侵攻しました。そのお金で何ができたでしょうか。

一九六七年に戻ると、それまでに五カ国が核兵器を所有しました。米国とソ連、イギリス、フランス、中国です。五カ国は最初の「核兵器不拡散条約」の締約国であるとともに、国連安全保障理事会の常任理事国でした。その後、条約の非加盟国三カ国も核兵器の実験を行いました。インドと北朝鮮、パキスタンです。イスラエルは核兵器所有国に数えられていて、全部で九カ国になります。しかし、それらの核兵器計画は原子炉使用から持ち上がったものではありませんでした。ソ連はそれをやろうとしてチェルノブイリ事故を起こしました。

もう一つの懸念材料は、原発は他のエネルギー源に比べて不経済であり、開発に時間がかかると思われていることでした。原発建設が非常に資金と時間のかかった一つの理由は、米国と西欧諸国では反原発活動家グループの反対運動、その結果としての訴訟、そして、遅延が原因で予算と計画が予定を越えてしまったからでした。しかし、スウェーデンの経費は他のエネルギー源に引けを取らず、韓国などはさらに安い原子炉の建設を始めていました。スウェーデンは前述の原発事故の前から、それに、大きな反対運動の前に原発建設を決定していました。転換にかかった期間はスウェーデンでは僅か十五年から二十年でした。

人々が不安がるのは、放射性廃棄物をどう処理するかの問題でした。米国ではネバダ州のユッカマウンテンを廃棄物の投棄場所にすることで大議論となり、深刻化しました。私とロゼッタが基礎知識として利用した『明るい未来（*A Bright Future*）』という本は、当時、平均的なアメリカ人が一生に使用した電力が石炭からつくられていたら、燃えカスの重量は六万一六八九キロになっただろうと指摘しました。しかし、同じ電力量が原子力でできていたら廃棄物は〇・九キロで「ソーダの缶」に詰められると著者は述べました。

二〇二〇年代には原発を利用して六十年が経ち、約五百基建設されましたが、廃棄物処理から発生した事件は一握りにすぎず、健康被害は一件もありませんでした。多くの国は廃棄物を燃料にする第四世代の原子炉を開発中です。確かに、廃棄物には不安があり、注意深く監視する必要がありますが、原子力エネルギーを利用しない理由にはなりませんでした。

ロゼッタ　今世紀初め、主として太陽光と風力などの「再生可能エネルギー」が注目され始めました。これらは極めて重要ですが、二〇二〇年には人類救済のために必要な量の脱炭素エネルギーの生産には至りませんでした。太陽が照る時間は限られ、風はつねに吹いているわけではなく、必要とする量の良い蓄電方法がないので、どちらにも「断続」の問題がありました。

ドイツは再生可能エネルギーに大きく舵を切りましたが、原発の代替として使用し、化石燃料への依存は変わらず残り、また、世界の暮らしは良くならず、悪くなりました。昔の「グリーン・ニューディール」は僅か十年間で一〇〇パーセント再生可能エネルギーへの転換を促されましたが、実行できませんでした。私たちの先輩が原発の道を歩んでいたら、二〇五〇年に化石燃料を全廃するときは、太陽光と風力の技術は著しく進展し、古くなった原発との置き換えが始まっていたでしょう。蓄電問題は解決できていたでしょう。各国がそれを選択していたら、原子力利用を断ち一〇〇パーセント再生可能エネルギーを達成できていたでしょう。

原子力は問題がありすぎて、拡大は政治的に不可能との通念もありました。しかし、政治的には実行不可能だとしても、地球温暖化への取り組みでした。地球温暖化防止への反対に勝利していたら、原子力による解決は実行可能だったばかりか、必要でもあったでしょう。これは自己実現的で危険な予言でした。

化石燃料への依存を減らすもう一つの方法は、炭素税を課すことです。スウェーデンもそういうことをしたのではありませんか。

ロゼッタ　その通りです。課税は望ましくない慣行を抑制する一方法です。経済学者と気候学者は、以前から化石燃料生産に対する課税を提唱してきました。ポンプやメーターではなく、源泉や鉱山に対する課税です。そういう課税にしないと、企業ではなく、国民が現在および将来の化石燃料使用の代価をすべて支払わなければなりませんでした。誰かが言ったように、企業が利益を私物化し、代価は国民任せだったことは、企業には都合のいい取引で、人類には災難でした。

一九九一年は新型原子炉の最盛期であり、炭素排出量がすでに相当削減された後で、スウェーデンは次の一歩を踏み出し、炭素税を導入した最初の国になりました。当初は炭素一トンにつき二十三ユーロ（約三千円）でした。スウェーデンは、課税と同時に他のエネルギー税の大部分を廃棄して、企業が低炭素エネルギー源に移行しやすいようにしつつ、政府は何も指示しませんでした。

長く経済学者たちの意見が一致するもう一点は、炭素に課税され、あるいは値段がつけられても、始めは低くし、時間とともに高くしていく必要があるということでした。そうやって家庭と企業に慣れる時間を与え、化石燃料からのエネルギー生産は失策だという合図を送るのです。二〇二〇年にはスウェーデンの炭素税はトン当たり百十ユーロ（約一万四千円）まで上昇しました。カリフォルニア州は上限付き排出量取引制度（a cap-and-trade method）を採用していましたが、トン当たり十五ドル（約千六百円）と確かに低すぎました。スウェーデンの税収は税の望ましくない影響を相殺するためと、他の気候関連対策への融資に使われました。

これまでの話を要約すれば、二〇二〇年頃開始して、主要排出国が原子力に力を傾注できれば、二〇五〇年には化石燃料の消費は終わるだろうこと。しかし、原子力エネルギーに対する根拠のない不安のため、取り組み始めたときは手遅れでした。その結果どうなったかを、読者に寸評してください。

ロゼッタ　ご存知のとおり、その質問については多くの著書があり、私たちも書いています。別のものを口述するのでなく、要約しましょう。二〇二〇年代は重要な十年で、人類が未来の主導権を握るための最後の機会でした。そして、米国は重要な国でした。世界第二の環境汚染国であるからだけでなく、かつては各国から一等国と目されていたからでした。

パリ協定の締約国は、新しい原発を建設し、炭素税を導入しましたが、始めた時期は二〇二〇年代末近くで、排出量の削減分は米国と中国、インドの上昇分で著しく相殺されました。それに、日本を忘れてはいけません。日本は二〇年代に新たに石炭火力発電所を二十五基建設して集団切腹を選びました。これは防止できたはずの福島原発事故への過剰反応による辛い結果でした。

「アメリカファースト党」の新大統領が就任して米国はパリ協定へ復帰しましたが、象徴でしかありませんでした。各国は、地球温暖化阻止の努力は失敗しそうだと諦め始めたので、二〇三〇年に協定の期限が切れたとき、多くの国は排出量削減から、高い防潮堤の建設や沿岸地域からの人々の避難など地球温暖化の影響を軽減する方策へと歳出を切り替えました。そのときでさえ、もし氷冠が溶けたら高い防潮堤では間に合わないという事実が人々には分かっていませんでした。

一部の学者が注目した興味深いというか、悲劇的なことは、今世紀最後の二十年間に、化石燃料からの世界的なCO_2排出量は減り、来世紀のある時点でゼロに達するということでした。CO_2を排出していると最後は更なるCO_2排出に必要な生産基盤を破壊することになるという奇妙ともいえる意見がありました。しかし、二十一世紀に大気中に排出された膨大な量はそのまま存在し、熱線を吸収して数千年間気温を上げます。

ロバートには最後にお話しすべき点があり、二人とも同意見なので、彼に締め括ってもらいましょう。

ロバート　二〇二〇年代に期待に終わっただけでしたが、政府の排出量削減への取り組みを速められたかもしれないことが一つありました。以前耳を貸さなかった政府に対する闘争になったさまざまな集団抗議やストが念頭にあります。アメリカ独立戦争に始まり、婦人参政権、中国の五・四運動、市民権、人種隔離政策反対運動、ベトナム反戦抗議、フランスの五月革命、一九七五年のアイスランドの女性スト、ベルリンの壁崩壊、アラブの春、カタルーニャ独立蜂起、ウエストバージニア州の教師スト等々です。人々はさまざまな理由で抗議やストをし、しばしば勝利しました。それでは、自分の孫たちの未来が危険に晒されており、文明そのものが危ういときに、なぜ立ち上がって政府にＣＯ$_2$排出量削減に取り組むよう要求しなかったのでしょうか。そして、政府が拒んだら、道路に出て命がけで制止しなかったのでしょうか。彼らは羊だったのでしょうか、それとも、人間だったのでしょうか。

著者あとがき

最後まで読んでいただきありがとうございました。私自身の最終的な意見を二、三申し上げたいと思います。

要所々々で、なぜ前の時代の人々は地球温暖化を止めなかったのかという疑問が湧きました。彼らには地球温暖化が事実であり、人間によって引き起こされ、危険であることについて合理的な否定ができませんでした。

地球温暖化が人類に及ぼす影響に初めて関心を持ったとき、インターネットがまだ活況なときで、私は二〇〇〇年から二〇二八年までの米国大統領の一般教書演説のビデオを調べました。また、同時期の大統領演説についても調べました。それら大量の言葉の山の中に地球温暖化はありませんでした。政治家をすべて非難するつもりは毛頭ありません。政治家は国民のはるか先には行けず、選挙に勝ちたいだけです。では、世論はどうだったのか。二〇〇七年の米国世論調査では「地球温暖化への対応」は十六項目の関心事項のうち最後から二番目でした。二〇二九年は、最後から二番目のままでした。

科学者やメディア、物書きは地球温暖化がどれほど深刻化しているかを、そして、私たちの時間の尺度では半永久的に続くことを国民に分からせることができませんでした。私が当然不安になる問いは、もしタイムマシーンに乗って二〇二〇年代初めに戻り、本書をみんなに配れたら、状況が変わっていたかどうかです。変わっていなかったら、偉大なＳＦ作家ウォルター・ミュラーの『黙示録三一七四年』の中での理解は正しかったことになります。何かがおかしいのです。私たちには自らを破壊する手段を発明する知的能力はありますが、その使用を止める推理力に欠けています。

訳者あとがき

本書は二〇二〇年に米国で出版された『*The 2084 Report :An Oral History of the Great Warming*』の翻訳です。著者ジェームズ・ローレンス・パウエルは米国の著名な地質学者であり、複数の大学の学長や科学博物館館長を歴任し、また、米国科学委員会委員を務めるなど経験豊かで、多数の著書があります。昨年十一月に英グラスゴーで開催される予定だったCOP26（第二十六回国連気候変動枠組条約締結国会議）に合わせて刊行されましたが、コロナ禍のために会議は一年延期となりました。

本書は地球温暖化で破綻した近未来（ディストピア）を描く科学小説（SF）であり、オーラルヒストリー（口述記録、歴史証言）の形式をとり、フィクションでありながらノンフィクションのような錯覚に囚われる形態になっていて、それは序文から始まっています。ジョージ・オーウェルは『1984』で全体主義国家によって分割統治された近未来の恐怖を描きましたが、二〇一五年に、ブレアム・サンサルはオーウェルの『1984』の百年後の設定で、宗教的全体主義に支配された世界『2084　世界の終わり』を発表しました。本書のタイトルは、著者の言及はありませんが、それにあやかったのではないでしょうか。

私が本書を読んだのは昨年盛夏でしたが、連日の猛暑の中で温暖化の怖さを実感し、このまま放っておいたら、どこまで気候変動が深刻化するのか不安でした。幸い、六十年後には私は確実にこの世にはいないのですが、二千年紀に入ってからの異常気象の日常化には切迫感をもちます。

思い返せば、一九九二年六月にブラジル・リオデジャネイロで開催された「地球サミット」から約三十年が経過しました。同会議には国連のほぼ全加盟国百七十二カ国の政府代表のうち百十六カ国は国家元首が参加し、二千を超えるNGO代表が参加するという一大イベントでした。会議ではリオ宣言が採択され、宣言を具体的に実施するために「気候変動枠組条約」と「生物多様性条約」、「森林原則声明」、「アジェンダ21」が採択されました。私は当時カナダから応援出張し、ごく末端で会議のお手伝いをしましたが、会議の規模の大きさに驚きました。しかし、その後の環境問題の進展はどうだったか。約三十年もの歳月が流れ、リオの後もサミットが開催され、専門家や学者の会合は続けられ、京都議定書（一九九七年、COP3）やパリ協定（二〇一五年、COP21）はありましたが、状況は遅々として変わりません。もちろん、専門家や学者、環境NGOの方々などは必死で努力を重ねているにちがいないと思いますが、そういう中でスウェーデンの若い環境活動家のグレタ・トゥンベリさんの行動は確かに衝撃でした。

米国は、トランプ大統領時代にパリ協定から脱退しましたが、バイデン大統領が復帰を宣言し、本年四月に「気候変動サミット」が開催されました。日本でも菅政権は環境問題の推進と自然エネルギーへの転換へ舵を切りました。近年の世界の異常気象や海面上昇を見ると、気候変動は待ったなしの段階に来ているようで他人事ではなくなっています。

本書で一つだけ気になったのは、最終章のスウェーデンに倣って原発推進をすべきとの主張です。日本では原発の開発当初から廃棄物処理問題をタブーとして扱ってきたところがあるようですが、この難題の解決を核融合など将来の科学の発展に委ねるか、無視する姿勢を貫いてきたように見えます。原発事故は起こらないという過信もありました。エネルギー問題では必ず経済とのバランスをどうするかが議論になりますが、本当に原子力に頼るほかに方法はないのでしょうか。放射能レベルの半減期は数年、数十年単位の物質もありますが、千年、万年、億年単位の物質もあり、高レベル廃棄物を一時代の人間が大量生産して、未処理のまま、あるいは安全性の保障がないまま埋めて残していくことは遠い将来の人々に対して無責任であり、原発推進はそれを承知のうえで実行されているのかと思わざるを得ず、自然災害が頻繁に起きる日本では、未曽有の危険に晒される可能性を否定できません。一日も速く原発から撤退して代替エネルギーへ移行できることを願っています。

最後に本書の出版にあたり国書刊行会の佐藤今朝夫社長には格別のご配慮を賜り、深くお礼を申し上げます。また、編集の中川原徹氏、編集にご協力いただいた荻尾行孝氏のご尽力に心より感謝いたします。

二〇二一年九月

小林政子

訳者紹介

小林政子（こばやし・まさこ）

1972年、明治学院大学英文学科を中退し外務省入省。

リスボン大学にて語学研修。主に本省では中近東アフリカ局、国連局原子力課など。在外ではブラジル、カナダに勤務。1998年外務省を退職し翻訳を志す。

ユニ・カレッジにて日暮雅道氏、澤田博氏に師事。

主な訳書『神の火を制御せよ――原爆をつくった人びと』（パール・バック著、径書房、2007年）、弊社刊で『私の見た日本人』（パール・バック著、2013年）、スティーブン・バウンの著作『壊血病――医学の謎に挑んだ男たち』（2014年）、『最後のヴァイキング』（2017年）、シェイマス・オウマハニー『現代の死に方』（2018年）など。

2084年《ねん》報告書《ほうこくしょ》――地球温暖化《ちきゅうおんだんか》の口述《こうじゅつ》記録《きろく》

2021年10月25日　初版第1刷発行

著　者　ジェームズ・ローレンス・パウエル
訳　者　小林政子
発行者　佐藤今朝夫
発行所　株式会社 国書刊行会
〒174-0056 東京都板橋区志村1-13-15
TEL 03（5970）7421　FAX 03（5970）7427
http://www.kokusho.co.jp
装　幀　真志田桐子
カバー画像：Shutterstock
印刷・製本　三松堂株式会社

ISBN 978-4-336-07263-4